喚醒你的英文語感！

Get a Feel for English !

喚醒你的英文語感！

Get a Feel for English !

從發音 征服聽力

嘴巴會說，耳朵就會記住！

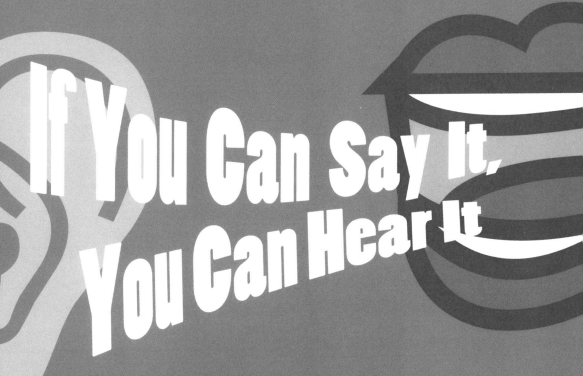

If You Can Say It, You Can Hear It

作 者 / 王復國

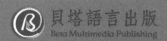
貝塔語言出版
Beta Multimedia Publishing

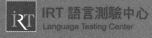
IRT 語言測驗中心
Language Testing Center

前言

英文雖然屬於拼音語言，但是在英文字與發音之間卻有相當大的落差。這樣的落差在所謂的母音部分尤其明顯。理論上，就英文的二十六個字母而言，其中只有 a、e、i、o 與 u 為母音，但是在發音時，這五個字母所代表的卻是十五個母音（以 K.K. 音標而言）。這正是學習者在學習英語發音及訓練英語聽力時最感到困擾之處。

而除了發音本身所造成的困難之外，另外一個令人頭疼的問題是：同一個字母或字母組合在不同的字裡發音可能不相同；又，不同的字母或字母組合在不同的字裡發音卻可能相同。相對於英文的母音，英文的子音在拼寫與發音之間的落差較小，但是一對一的呼應亦不存在；相同的字母發音不同，不同字母發音相同的情況同樣發生在子音的部分。因此，在本書中我們除了要教讀者如何正確地辨識並發出英文的各種音之外，還將針對英文不規則的拼音做詳盡的整理與分析。

另外，在本書中我們也將討論英文的音節（syllable）與重音（stress），以及容易造成聽力困擾所謂的連音（liaison）、弱讀（sound reduction）、省略音（elision）和變音（sound change）。最後，我們還會針對英文的節奏（rhythm）與語調（intonation）做一個完整的探討。

須知，發音與聽力是一體的兩面：如果能夠準確地發音，聽力自然不會是個問題。而這正是本書希望達到的目標。讀者只要耐心地跟著本書每一個章節的進度做足夠的練習，一口流利的英語及無障礙的溝通指日可待。

「由口到耳」學習法,練出溝通零障礙的英語力!

基礎發音

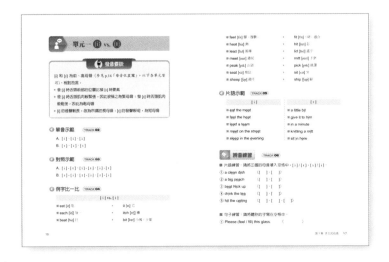

Step 1:單音示範

請讀者依照音軌標示聽取 MP3 並跟著模仿練習發音,每個音標示範三次。

Step 2:對照示範

對照示範易混淆音標,訓練讀者辨別其中差異的能力,每組示範三次。讀者可先跟著 MP3 模仿發音、再用聽的讓耳朵熟悉差異。

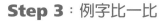

Step 3：例字比一比

　　將包含該組易混淆音標的例字逐一對照示範，讓讀者除了熟悉單音差異外，進一步能辨別易混淆字的發音，如 beat、bit。第一遍可先跟著 MP3 開口練習發音，第二遍再用聽的訓練耳朵敏感度。

Step 4：片語示範

　　從單字進階到片語，幫助讀者熟悉該組易混淆音標在片語中的唸法。同樣地，第一遍請先跟著 MP3 開口練習，第二遍再用聽的訓練聽力。

Step 5：辨音練習

　　該單元的學習成效驗收，大部分包含片語、句子練習兩部分，請讀者一邊聽 MP3、一邊作答。題目皆是精心設計來幫助讀者提升辨別易混淆發音的能力。（練習解答置於每章的最後）

進階口說技巧

　　本書第二部分所教授的音節、重音、連音、弱讀、省略音、變音、節奏、語調等進階口說技巧，皆由母語人士發聲示範，請讀者在閱讀時務必搭配 MP3 學習，先開口模仿 MP3 的唸法，再用聽的讓耳朵熟悉這些英文特有的口說特色。

CONTENTS 目錄

第 **1** 章

英文的母音

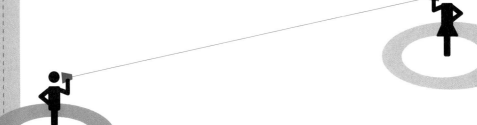

所謂的母音指的是當發聲時從肺部出來的氣流在通過聲道並由口腔呼出的過程中不受阻礙而發出的聲音。由於發母音時位於喉頭中的聲帶會產生震動，因此母音基本上皆為有聲音。也正因為母音的發聲清楚、明朗，所以在語言中被用來作為一個音節的中心。一般而言，標準英文的母音一共有十五個。以大家所熟悉的 K.K.（Kenyon and Knott）音標來表示，它們是：i、ɪ、e、ɛ、æ、u、ʊ、o、ɔ、ɑ、ə、ʌ、aɪ、aʊ、ɔɪ。（若加上兩個所謂的捲舌母音 ɚ 和 ɝ，則為十七個。）

　　但是，我們該如何區分並正確地發出這些母音呢？首先，請看下面的英文母音位置圖。

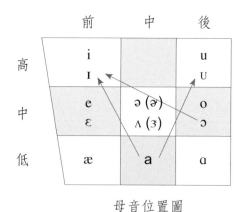

母音位置圖

　　我們在前面提到，在母音的發聲過程中氣流是不受阻礙的，而我們之所以能夠發出不同的母音則是因為在氣流通過口腔時舌頭位置之不同所致。舉例來說，當發 [i] 音時，舌頭的前部必須提高；在發 [ɑ] 音時，舌頭的後部則必須壓低；又，在發 [ə] 音時，舌的中間部位則不高也不低。**注意，這裡所謂的前後、高低是相對的概念，**比如發 [i] 的時候，舌頭的前部應該比發 [ɪ] 的時候高；發 [u] 的時候，舌頭後部應該比發 [ʊ] 的時候高。

另外，圖中有箭頭指示之處表達的是雙母音的形成，即 a + ɪ = aɪ、a + ʊ = aʊ、ɔ + ɪ = ɔɪ。以下我們將以最有效率的學習方式，把容易混淆的英文母音兩個兩個並列比較。讀者在聽 CD 中母語人士的示範後，應儘量模仿比較所聽到的聲音。記得，**母音的正確發聲靠的是舌頭位置的調整**。

單元一 [i] vs. [ɪ]

🎙 發音要訣

[i] 和 [ɪ] 為前、高母音（參見 p.14「母音位置圖」，以下各單元皆同）。相對而言，

- 發 [i] 時舌頭前部的位置比發 [ɪ] 時要高
- 發 [i] 時舌頭肌肉較緊張，因此被稱之為緊母音；發 [ɪ] 時舌頭肌肉較鬆弛，因此為鬆母音
- [i] 的發聲較長，故為所謂的長母音；[ɪ] 的發聲較短，為短母音

🔊 單音示範　(TRACK 02)

A. [i]、[i]、[i]
B. [ɪ]、[ɪ]、[ɪ]

🔊 對照示範　(TRACK 03)

A. [i]-[ɪ]、[i]-[ɪ]、[i]-[ɪ]
B. [ɪ]-[i]、[ɪ]-[i]、[ɪ]-[i]

🔊 例字比一比　(TRACK 04)

[i] vs. [ɪ]	
■ eat [it] 吃	▶　it [ɪt] 它
■ each [itʃ] 每一	▶　itch [ɪtʃ] 癢
■ beat [bit] 打	▶　bit [bɪt] 小塊；少量

- feet [fit] 腳（複數）　　　▸　　fit [fɪt]（使）適合
- heat [hit] 熱　　　　　　　▸　　hit [hɪt] 打
- lead [lid] 領導　　　　　　▸　　lid [lɪd] 蓋子
- meet [mit] 遇見　　　　　　▸　　mitt [mɪt] 手套
- peak [pik] 山頂　　　　　　▸　　pick [pɪk] 挑選
- seat [sit] 座位　　　　　　▸　　sit [sɪt] 坐
- sheep [ʃip] 綿羊　　　　　　▸　　ship [ʃɪp] 船

🔊 片語示範　(TRACK **05**)

[i]	[ɪ]
■ <u>ea</u>t the m<u>ea</u>t	■ a l<u>i</u>ttle b<u>i</u>t
■ f<u>ee</u>l the h<u>ea</u>t	■ g<u>i</u>ve <u>i</u>t to h<u>i</u>m
■ l<u>ea</u>d a t<u>ea</u>m	■ <u>i</u>n a m<u>i</u>nute
■ m<u>ee</u>t on the str<u>ee</u>t	■ kn<u>i</u>tting a mitt
■ sl<u>ee</u>p in the <u>e</u>vening	■ s<u>i</u>t <u>i</u>n h<u>e</u>re

✎ **辨音練習**　(TRACK **06**)

■ 片語練習：請將正確的母音填入空格中，[i] / [ɪ]；[ɪ] / [i]。

① a cl<u>ea</u>n d<u>i</u>sh 　　　（[　　]、[　　]）

② a b<u>i</u>g p<u>ea</u>ch 　　　（[　　]、[　　]）

③ b<u>ea</u>t N<u>i</u>ck up 　　　（[　　]、[　　]）

④ dr<u>i</u>nk the t<u>ea</u> 　　　（[　　]、[　　]）

⑤ h<u>i</u>t the c<u>ei</u>l<u>i</u>ng 　　（[　　]、[　　]、[　　]）

■ 句子練習：請將聽到的字寫在空格中。

① Please (feel / fill) this glass. 　　（　　　　　　）

② Those (hills / heels) are high. (   )

③ He has decided not to (live / leave). (   )

④ Why did you throw the (peels / pills) away. (   )

⑤ Are you going to (hit / heat) it? (   )

單元二 [e] vs. [ɛ]

🎙 發音要訣

[e] 和 [ɛ] 為前、中母音，二者的區別在於

- 發 [e] 時舌頭前部的位置比發 [ɛ] 時高
- 發 [e] 時舌頭肌肉較緊張，是為緊母音；發 [ɛ] 時舌頭肌肉相對較鬆弛，是為鬆母音
- [e] 的發聲較長，為長母音；[ɛ] 的發聲較短，屬短母音
- ★ 注意，發 [e] 時舌頭應從較低的位置（靠近 [ɛ]）上移至較高的位置（靠近 [ɪ]）。正因如此，所以有許多語言學家把 [e] 視為一雙母音；也就是說，[e] 相當於 [ɛ + ɪ]，意即，[e] = [ɛɪ]。另外，注意 [e] 的發音與中文的「ㄟ」完全相同。

🔊 單音示範　(TRACK 07)

A. [e]、[e]、[e]

B. [ɛ]、[ɛ]、[ɛ]

🔊 對照示範　(TRACK 08)

A. [e]-[ɛ]、[e]-[ɛ]、[e]-[ɛ]

B. [ɛ]-[e]、[ɛ]-[e]、[ɛ]-[e]

🔊 例字比一比　(TRACK 09)

[e] vs. [ɛ]

- age [edʒ] 年齡　　　▶　　edge [εdʒ] 邊緣
- aid [ed] 協助　　　▶　　Ed [εd] 愛德（男子名）
- bait [bet] 餌　　　▶　　bet [bεt] 打賭
- gate [get] 大門　　　▶　　get [gεt] 得到
- mate [met] 夥伴　　　▶　　met [mεt] 遇到（過去式）
- pain [pen] 痛苦　　　▶　　pen [pεn] 筆
- taste [test] 嚐　　　▶　　test [tεst] 測試
- wait [wet] 等待　　　▶　　wet [wεt] 濕的
- later [ˋletɚ] 稍後　　　▶　　letter [ˋlεtɚ] 信
- paper [ˋpepɚ] 紙　　　▶　　pepper [ˋpεpɚ] 胡椒

◉ 片語示範　（TRACK 10）

[e]	[ε]
■ take pains	■ get wet
■ stay away	■ a red pen
■ a strange tale	■ the best dress
■ bake a cake	■ sell the jet
■ play the game	■ let it melt

 辨音練習　（TRACK 11）

■ 片語練習：請將正確的母音填入空格中，[e] / [ε]；[ε] / [e]。

① set sail　　　　（[　　]、[　　]）

② lay an egg　　　（[　　]、[　　]）

③ take a rest　　　（[　　]、[　　]）

④ break a leg　　　（[　　]、[　　]）

⑤ fed the baby　　（[　　]、[　　]）

■ 句子練習：請將聽到的字寫在空格中。

① This (pain / pen) is terrible.　　　　　(　　　　　)

② Will he take the (bet / bait) ?　　　　(　　　　　)

③ I'm going to (sail / sell) the boat.　　(　　　　　)

④ Let me (taste / test) the cake.　　　　(　　　　　)

⑤ Pass me the (pepper / paper), please.　(　　　　　)

單元三 [æ] vs. [ɛ]

發音要訣

[æ] 與 [ɛ] 皆為前母音，而且都屬鬆、短母音，二者的差異則在於

- [æ] 的舌頭位置較 [ɛ] 為低
- 發 [æ] 時嘴巴較開，嘴角向外拉

★ 從母音位置圖可以看到，[æ] 的舌頭位置與 [ɛ] 與 [a] 接近。如果舌前壓得不夠低，發出來的音就會像 [ɛ]；如果舌中部分太低，發出的音就會像 [a]。因此，發 [æ] 時要確定舌前壓低；最好的練習方式是把舌前部分貼在下排牙齒後方發聲。

單音示範　TRACK 12

A. [æ]、[æ]、[æ]

B. [ɛ]、[ɛ]、[ɛ]

對照示範　TRACK 13

A. [æ] - [ɛ]、[æ] - [ɛ]、[æ] - [ɛ]

B. [ɛ] - [æ]、[ɛ] - [æ]、[ɛ] - [æ]

例字比一比　TRACK 14

[æ] vs. [ɛ]		
■ bad [bæd] 壞的	▶	bed [bɛd] 床
■ dad [dæd] 爹	▶	dead [dɛd] 死的

- man [mæn] 男人（單數）　　▶　men [mɛn] 男人（複數）
- mass [mæs] 大眾　　▶　mess [mɛs] 凌亂
- pan [pæn] 平底鍋　　▶　pen [pɛn] 筆
- pat [pæt] 輕拍　　▶　pet [pɛt] 寵物
- sad [sæd] 悲傷的　　▶　said [sɛd] 說（過去式）
- sat [sæt] 坐（過去式）　　▶　set [sɛt] 放置
- fatter [ˋfætɚ] 更胖　　▶　fetter [ˋfɛtɚ] 腳鐐
- latter [ˋlætɚ] 後者　　▶　letter [ˋlɛtɚ] 信

片語示範　TRACK 15

[æ]	[ɛ]
■ a black cap	■ met the men
■ a sad man	■ wet the bed
■ the bad apple	■ let Fred rest
■ catch the cat	■ lend Ted a pen
■ sat on the hat	■ felt the dead pet

辨音練習　TRACK 16

■ 片語練習：請將正確的母音填入空格中，[æ] / [ɛ]；[ɛ] / [æ]。

① a bad bed 　　　（[　　]、[　　]）
② the best act 　　（[　　]、[　　]）
③ cash a check 　 （[　　]、[　　]）
④ fed the bat 　　 （[　　]、[　　]）
⑤ pat the head 　　（[　　]、[　　]）

■ 句子練習：請將聽到的字寫在空格中。

① This is a lousy (pen / pan).　　　　　(　　　　　)

② Do you want to (bat / bet) ?　　　　　(　　　　　)

③ He is (said / sad) to be leaving soon.　　(　　　　　)

④ The man in the room is (Dad / dead).　　(　　　　　)

⑤ Are you talking about the (letter / latter) ?　(　　　　　)

單元四 [ə] vs. [ʌ]

🎤 發音要訣

[ə] 與 [ʌ] 為英文的中、中母音，二者皆為短母音，而區別在於

- [ə] 用在非重音節及少數須弱讀的單音節字（如 a、of）中，[ʌ] 則用在重音節和其他單音節字（如 but、mud、suck）中
- [ə] 為所謂的「中性母音」（schwa），意指，發此音時口腔肌肉全然放鬆，舌頭不高不低，嘴巴微開；但發 [ʌ] 時肌肉則較緊繃，舌中部分略向下壓，嘴巴比發 [ə] 時為開
- 因 [ə] 出現在輕音節中，故其聲較弱；[ʌ] 出現在重音節中，故其聲較強
- ★ 事實上，從語言學的角度來看，我們可以說：[ə] 加上重音就是 [ʌ]。

🔊 單音示範　（TRACK 17）

A. [ə]、[ə]、[ə]

B. [ʌ]、[ʌ]、[ʌ]

🔊 對照示範　（TRACK 18）

A. [ə]-[ʌ]、[ə]-[ʌ]、[ə]-[ʌ]

B. [ʌ]-[ə]、[ʌ]-[ə]、[ʌ]-[ə]

■ 試比較下列片語中的 [ə] 與 [ʌ]　（TRACK 19）

　■ a gun（[ə]；[ʌ]）

■ a cut ([ə] : [ʌ])

■ the truck ([ə] : [ʌ])

■ a lot of fun ([ə] : [ə] : [ʌ])

■ in front of a hut ([ʌ] : [ə] : [ə] : [ʌ]).

單元五 [ɚ] vs. [ɜ]

發音要訣

[ɚ] 與 [ɜ] 為英文的捲舌母音（[ɚ] 由 [ə] + [r] 而來，[ɜ] 則由 [ʌ] + [r] 而來），二者的區別為

- [ɚ] 用於輕音節中；[ɜ] 用於重音節（包括單音節字）中
- 發 [ɚ] 時舌尖部分略為上捲；發 [ɜ] 時舌尖須更捲，因此舌頭肌肉較緊繃
- 因 [ɚ] 出現在輕音節，故其聲較弱；[ɜ] 出現在重音節，故其聲較強
- ★ [ɚ] 與 [ɜ] 的發音差異並不大，我們可以說：[ɚ] 加上重音就是 [ɜ]。

單音示範　TRACK 20

A. [ɚ]、[ɚ]、[ɚ]

B. [ɜ]、[ɜ]、[ɜ]

對照示範　TRACK 21

A. [ɚ] - [ɜ]、[ɚ] - [ɜ]、[ɚ] - [ɜ]

B. [ɜ] - [ɚ]、[ɜ] - [ɚ]、[ɜ] - [ɚ]

■ 試比較下列片語中的 [ɚ] 與 [ɜ]　TRACK 22

- a p<u>er</u>fect teach<u>er</u>（[ɜ]；[ɚ]）
- a feath<u>er</u> of a b<u>ir</u>d（[ɚ]；[ɜ]）
- the col<u>or</u> of h<u>er</u> p<u>ear</u>l（[ɚ]；[ɜ]；[ɜ]）
- I h<u>ear</u>d the driv<u>er</u> was h<u>ur</u>t.（[ɜ]；[ɚ]；[ɜ]）
- The wond<u>er</u>ful j<u>our</u>ney to the ch<u>ur</u>ch is ov<u>er</u>.（[ɚ]；[ɜ]；[ɜ]；[ɚ]）

單元六 [u] vs. [ʊ]

發音要訣

[u] 和 [ʊ] 為後、高母音。相對而言

- 發 [u] 時舌頭後部的位置較發 [ʊ] 時高
- 發 [u] 時舌頭肌肉較發 [ʊ] 時緊張，故前者為緊母音，後者為鬆母音
- [u] 的發聲較長，為長母音；[ʊ] 的發聲較短促，為短母音
- 發 [u] 時雙唇須聚攏成圓形；發 [ʊ] 時嘴唇肌肉較放鬆，成較大的圓形

單音示範　TRACK 23

A. [u]、[u]、[u]

B. [ʊ]、[ʊ]、[ʊ]

對照示範　TRACK 24

A. [u] - [ʊ]、[u] - [ʊ]、[u] - [ʊ]

B. [ʊ] - [u]、[ʊ] - [u]、[ʊ] - [u]

例字比一比　TRACK 25

[u] vs. [ʊ]		
■ cooed [kud] 鴣鴣叫（過去式）	▶	could [kʊd] 能夠（過去式）
■ fool [ful] 傻瓜	▶	full [fʊl] 滿的
■ Luke [luk] 路克（男子名）	▶	look [lʊk] 看
■ pool [pul] 池子	▶	pull [pʊl] 拉
■ stewed [stud] 燉（過去式）	▶	stood [stʊd] 站（過去式）

■ suit [sut] 套裝　　　　　　▶　　soot [sut] 煤灰

■ who'd [hud] 誰會（過去式）　▶　　hood [hud] 罩蓋

■ wooed [wud] 求愛（過去式）　▶　　wood [wud] 木材

🔊 片語示範　(TRACK 26)

[u]	[ʊ]
■ you too	■ a poor woman
■ a blue moon	■ wolves in the woods
■ choose a goose	■ put the sugar in
■ lose one's cool	■ stood on one foot
■ two loose boots	■ look for a good book

✏️ 辨音練習　(TRACK 27)

■ 片語練習：請將正確的母音填入空格中，[u]／[ʊ]；[ʊ]／[u]。

① full of fools　　　([　　]、[　　])

② push the roof　　([　　]、[　　])

③ shoot his foot　　([　　]、[　　])

④ cook the food　　([　　]、[　　])

⑤ took off the shoes　([　　]、[　　])

■ 句子練習：請將聽到的字寫在空格中。

① (Look / Luke), I really need this.　　(　　　　　)

② The sign says: (Pool / Pull).　　　　(　　　　　)

③ The (suit / soot) is black.　　　　　(　　　　　)

④ ("Full" / "Fool"), he yelled.　　　(　　　　　)

⑤ They (stewed / stood) it on the stove.　(　　　　　)

單元七 [o] vs. [ɔ]

發音要訣

[o] 與 [ɔ] 為後、中母音，二者的區別在於

- 發 [o] 時舌頭後部的位置較發 [ɔ] 時高
- 發 [o] 時舌頭肌肉較緊張，是為緊母音；發 [ɔ] 時舌頭肌肉較為鬆弛，是為鬆母音
- [o] 的發聲較長，為長母音；[ɔ] 的發聲較短，為短母音
- ★ 注意，發 [o] 時舌頭後部會從較低的位置（靠近 [ɔ]）上移至較高的位置（靠近 [u]）。因此，[o] 可視為雙母音；也正因 [o] 的發音以 [u] 聲結尾，所以嘴型會比單純的 [ɔ] 要圓。另外，注意 [o] 與中文的注音「又」相同。

單音示範　　TRACK 28

A.　[o]、[o]、[o]

B.　[ɔ]、[ɔ]、[ɔ]

對照示範　　TRACK 29

A.　[o]-[ɔ]、[o]-[ɔ]、[o]-[ɔ]

B.　[ɔ]-[o]、[ɔ]-[o]、[ɔ]-[o]

例字比一比　　TRACK 30

[o] vs. [ɔ]

▦ boat [bot] 船	▶	bought [bɔt] 買（過去式）
▦ coast [kost] 海岸	▶	cost [kɔst] 花費
▦ coat [kot] 外套	▶	caught [kɔt] 捉（過去式）
▦ coal [kol] 煤	▶	call [kɔl] 叫
▦ loan [lon] 借貸	▶	lawn [lɔn] 草坪
▦ low [lo] 低	▶	law [lɔ] 法律
▦ pole [pol] 桿子	▶	Paul [pɔl] 保羅（男子名）
▦ sew [so] 縫	▶	saw [sɔ] 看見（過去式）；鋸
▦ woke [wok] 醒（過去式）	▶	walk [wɔk] 走路
▦ whole [hol] 全部	▶	hall [hɔl] 大廳

◑ 片語示範　(TRACK **31**)

[o]	[ɔ]
▦ a gold bowl	▦ a tall wall
▦ an old coat	▦ call the boss
▦ in slow motion	▦ walk the dog
▦ open the notebook	▦ toss a ball
▦ notice the hole	▦ talk to Paul

 辨音練習　(TRACK **32**)

■ 片語練習：請將正確的母音填入空格中，[o]／[ɔ]；[ɔ]／[o]。

① a joking song （[　　]、[　　]）

② bought a boat （[　　]、[　　]）

③ caught a cold （[　　]、[　　]）

④ lower the cost （[　　]、[　　]）

⑤ going to fall ([ ]、[ ])

■ 句子練習：請將聽到的字寫在空格中。

① He went down the (hole / hall). (   )

② She threw the (bowl / ball) at me. (   )

③ Can you (saw / sew) this for me? (   )

④ I don't care about the (coast / cost). (   )

⑤ Forget about the (lawn / loan). (   )

單元八 [ɑ] vs. [ʌ]

發音要訣

[ɑ] 為英文的後、低母音。對本國學生而言，很容易將 [ɑ] 與中、中母音 [ʌ] 混淆。這兩個母音的差別在於

- 發 [ɑ] 時舌頭後部位置須壓低；發 [ʌ] 時則是舌頭中間部位略微下壓
- 發 [ɑ] 時嘴巴必須大開；發 [ʌ] 時嘴巴略開即可
- ★ 注意，英文的後母音除 [ɑ] 之外，嘴型皆呈圓狀（[u] 最圓，[ʊ]、[o] 中圓，[ɔ] 略圓）。

🔊 單音示範 TRACK 33

A. [ɑ]、[ɑ]、[ɑ]

B. [ʌ]、[ʌ]、[ʌ]

🔊 對照示範 TRACK 34

A. [ɑ] - [ʌ]、[ɑ] - [ʌ]、[ɑ] - [ʌ]

B. [ʌ] - [ɑ]、[ʌ] - [ɑ]、[ʌ] - [ɑ]

🔊 例字比一比 TRACK 35

[ɑ] vs. [ʌ]

■ cop [kɑp] 警察	▶ cup [kʌp] 杯子
■ doll [dɑl] 洋娃娃	▶ dull [dʌl] 枯燥的；暗淡的
■ hot [hɑt] 熱的	▶ hut [hʌt] 茅屋

■ lock [lɑk] 鎖	▶	luck [lʌk] 運氣
■ not [nɑt] 不	▶	nut [nʌt] 堅果
■ Ron [rɑn] 榮恩（男子名）	▶	run [rʌn] 跑
■ shot [ʃɑt] 射擊	▶	shut [ʃʌt] 關
■ stock [stɑk] 股票；存貨	▶	stuck [stʌk] 刺；黏貼（過去式）
■ collar [ˋkɑlɚ] 領子	▶	color [ˋkʌlɚ] 顏色
■ robber [ˋrɑbɚ] 強盜	▶	rubber [ˋrʌbɚ] 橡膠

🔊 片語示範　(TRACK 36)

[ɑ]	[ʌ]
■ a hot shot	■ a dull color
■ a top cop	■ the youngest son
■ drop the pot	■ under the rug
■ stop the robbery	■ won the cup
■ got ten dollars	■ cut the duck

✎ 辨音練習　(TRACK 37)

■ 片語練習：請將正確的母音填入空格中，[ɑ] / [ʌ]；[ʌ] / [ɑ]。

① the hot sun 　　　　　　（[　　]、[　　]）

② study very hard 　　　　（[　　]、[　　]）

③ touch the bottom 　　　（[　　]、[　　]）

④ pocket the money 　　　（[　　]、[　　]）

⑤ shut the closet door 　　（[　　]、[　　]）

■ 句子練習：請將聽到的字寫在空格中。

① Did you see the (cop / cup)? 　　　　（　　　　　　）

34

① There is a (duck / dock) over there.　　　　　(　　　　　)

② Is it (Don / done)?　　　　　(　　　　　)

③ He (shut / shot) the man in the basement.　　　　　(　　　　　)

④ Which (collar / color) do you prefer?　　　　　(　　　　　)

單元九 [aɪ] vs. [aʊ] vs. [ɔɪ]

發音要訣

　　[aɪ]、[aʊ] 和 [ɔɪ] 是 K.K. 音標系統中正式列出的雙母音：中、低母音 [a] 加上前、高母音 [ɪ]，形成 [aɪ]；中、低母音 [a] 加上後、高母音 [ʊ]，形成 [aʊ]；後、中母音 [ɔ] 加上前、高母音 [ɪ]，形成 [ɔɪ]。

　　注意，在英文裡中、低母音 [a] 並不會單獨存在，因此縱使把 [a] 唸成像後、低母音 [ɑ] 亦不會造成太大差異。另外，[aɪ] 相當於中文的「ㄞ」，[aʊ] 則相當於「ㄠ」，故一般而言，這兩個雙母音對本國學生不致造成困擾。唯一須要留意的是 [ɔɪ] 這個雙母音。

單音示範　TRACK 38

A. [aɪ]、[aɪ]、[aɪ]

B. [aʊ]、[aʊ]、[aʊ]

C. [ɔɪ]、[ɔɪ]、[ɔɪ]

例字比一比　TRACK 39

[aɪ] vs. [aʊ] vs. [ɔɪ]		
■ aisle [aɪl] 通道	▶ owl [aʊl] 貓頭鷹	▶ oil [ɔɪl] 油
■ buy [baɪ] 買	▶ bow [baʊ] 鞠躬	▶ boy [bɔɪ] 男孩
■ file [faɪl] 檔案	▶ foul [faʊl] 惡臭的	▶ foil [fɔɪl] 箔
■ sigh [saɪ] 嘆氣	▶ sow [saʊ] 母豬	▶ soy [sɔɪ] 大豆
■ tile [taɪl] 磁磚	▶ towel [taʊ(ə)l] 毛巾	▶ toil [tɔɪl] 辛勞
■ vied [vaɪd] 競爭（過去式）	▶ vowed [vaʊd] 立誓（過去式）	▶ void [vɔɪd] 空的

 解答

● 單元一

片語練習：❶ [i]、[ɪ]　❷ [ɪ]、[i]　❸ [i]、[ɪ]　❹ [ɪ]、[i]　❺ [ɪ]、[i]、[ɪ]

句子練習：❶ fill　❷ heels　❸ leave　❹ pills　❺ heat

● 單元二

片語練習：❶ [ɛ]、[e]　❷ [e]、[ɛ]　❸ [e]、[ɛ]　❹ [e]、[ɛ]　❺ [ɛ]、[e]

句子練習：❶ pain　❷ bet　❸ sell　❹ taste　❺ pepper

● 單元三

片語練習：❶ [æ]、[ɛ]　❷ [ɛ]、[æ]　❸ [æ]、[ɛ]　❹ [ɛ]、[æ]　❺ [æ]、[ɛ]

句子練習：❶ pen　❷ bat　❸ said　❹ dead　❺ latter

● 單元六

片語練習：❶ [ʊ]、[u]　❷ [ʊ]、[u]　❸ [u]、[ʊ]　❹ [ʊ]、[u]　❺ [ʊ]、[u]

句子練習：❶ Look　❷ Pull　❸ suit　❹ Fool　❺ stood（譯 他們把它立在爐子上。）

● 單元七

片語練習：❶ [o]、[ɔ]　❷ [ɔ]、[o]　❸ [ɔ]、[o]　❹ [o]、[ɔ]　❺ [o]、[ɔ]

句子練習：❶ hall　❷ bowl　❸ sew　❹ cost　❺ loan

● 單元八

片語練習：❶ [ɑ]、[ʌ]　❷ [ʌ]、[ɑ]　❸ [ʌ]、[ɑ]　❹ [ɑ]、[ʌ]　❺ [ʌ]、[ɑ]

句子練習：❶ cop　❷ duck　❸ done　❹ shot　❺ color

第 **2** 章

英文的母音
與拼字

英文的拼寫與發音之間落差相當大，常呈現極不規則的情況。在本章中我們將針對各母音在單字中的拼寫法做一個分析整理，希望對讀者有所助益。

常見拼法

ee

- bee [bi] 蜜蜂
- beef [bif] 牛肉
- cheek [tʃik] 臉頰
- cheese [tʃiz] 乳酪
- deed [did] 行為
- deep [dip] 深
- eel [il] 鰻魚
- feel [fil] 感覺
- feet [fit] 腳（複數）
- freeze [friz] 結凍
- heel [hil] 腳跟
- jeep [dʒip] 吉普車
- keep [kip] 保持
- meet [mit] 遇到
- need [nid] 需要
- peek [pik] 窺視
- peel [pil] 剝皮
- queen [kwin] 女王
- seed [sid] 種子
- sheep [ʃip] 綿羊
- street [strit] 街道
- three [θri] 三
- tree [tri] 樹
- week [wik] 星期

ea

- beat [bit] 打
- breathe [brið] 呼吸
- cheap [tʃip] 便宜
- east [ist] 東方
- eat [it] 吃
- feast [fist] 筵席
- feat [fit] 功績
- heat [hit] 熱
- leaf [lif] 葉子
- leak [lik] 漏
- lean [lin] 瘦的
- leave [liv] 離開
- meat [mit] 肉
- meal [mil] 餐
- neat [nit] 整潔的
- pea [pi] 豆子
- peace [pis] 和平
- please [plis] 請
- read [rid] 讀
- sea [si] 海
- seat [sit] 座位
- tea [ti] 茶
- teach [titʃ] 教
- weak [wik] 衰弱的

ie

- achieve [əˋtʃiv] 達成
- believe [bəˋliv] 相信
- chief [tʃif] 首領
- field [fild] 田野
- niece [nis] 姪女
- piece [pis] 片
- relief [rɪˋlif] 解除
- siege [sidʒ] 圍攻

ei

- ceiling [ˋsilɪŋ] 天花板
- deceive [dɪˋsiv] 欺騙
- either [ˋiðɚ] 二者任一
- leisure [ˋliʒɚ] 空閒
- neither [ˋniðɚ]
  二者皆不
- perceive [pɚˋsiv] 感知
- receive [rɪˋsiv] 收到
- seize [siz] 抓住

e

- be [bi] 是
- decent [ˋdisn̩t] 端莊的
- equal [ˋikwəl] 相等的
- even [ˋivən] 甚至
- evening [ˋivnɪŋ] 傍晚
- he [hi] 他
- me [mi] 我（受格）
- meter [ˋmitɚ] 公尺
- Peter [ˋpitɚ]
  彼得（男子名）
- she [ʃi] 她
- recent [ˋrisn̩t] 最近的
- recycle [riˋsaɪkl̩]
  回收利用
- veto [ˋvito] 否決權
- we [wi] 我們

y

- busy [ˋbɪzi] 忙碌的
- dirty [ˋdɝti] 骯髒的
- dizzy [ˋdɪzi] 頭暈的
- easy [ˋizi] 容易的
- happy [ˋhæpi] 快樂的
- lazy [ˋlezi] 懶惰的
- naughty [ˋnɔti] 頑皮的
- noisy [ˋnɔɪzi] 吵雜的
- pretty [ˋprɪti] 漂亮的

ey

- donkey [ˋdɑŋki] 驢子
- honey [ˋhʌni] 蜂蜜
- key [ki] 鑰匙
- money [ˋmʌni] 錢
- journey [ˋdʒɝni] 旅程
- monkey [ˋmʌŋki] 猴子
- turkey [ˋtɝki] 火雞
- whiskey [ˋhwɪski] 威士忌

e~e

- compete [kəmˋpit] 競爭
- delete [dɪˋlit] 刪除
- eve [iv] 前夕
- extreme [ɪkˋstrim] 極端的
- gene [dʒin] 基因
- recede [rɪˋsid] 後退
- scene [sin] 場景
- these [ðiz] 這些

🕒 其他拼法

i

- antique [ænˋtik] 骨董
- liter [ˋlitə] 公升
- mosquito [məsˋkito] 蚊子
- pique [pik] 惱怒
- unique [juˋnik] 獨一無二的
- visa [ˋvizə] 簽證

i~e

- elite [ɪˋlit] 精英
- machine [məˋʃin] 機器
- magazine [͵mægəˋzin] 雜誌
- police [pəˋlis] 警察
- regime [rɪˋdʒim] 政權

oe

- amoeba [əˋmibə] 變形蟲
- diarrhoea [͵daɪəˋriə] 腹瀉
- Phoebe [ˋfibɪ] 菲比（女子名）
- phoenix [ˋfinɪks] 鳳凰
- subpoena [səˋpinə] 傳票

ae	
■ aegis [`idʒɪs] 神盾	■ anaemia [ə`nimɪə] 貧血
■ Aesop [`isəp] 伊索	■ Caesar [`sizə] 凱撒
■ algae [`ældʒi] 海藻	

🕐 特殊拼法

eo	
■ feoff [fif] 封地	■ people [`pipl] 人們

uay	
■ quay [ki] 碼頭	

[I]

🕐 常見拼法

i	
■ bit [bɪt] 小塊	■ miss [mɪs] 錯過
■ dig [dɪg] 挖	■ pig [pɪg] 豬
■ fill [fɪl] 填	■ rib [rɪb] 肋骨
■ hit [hɪt] 打	■ sick [sɪk] 生病的
■ itch [ɪtʃ] 發癢	■ sin [sɪn] 罪惡
■ kiss [kɪs] 吻	■ six [sɪks] 六
■ lip [lɪp] 嘴唇	■ tip [tɪp] 尖端

y

- gym [dʒɪm] 體育館
- hymn [hɪm] 聖歌
- physics [ˈfɪzɪks] 物理學
- rhythm [ˈrɪðəm] 韻律
- syllable [ˈsɪləbl] 音節
- sympathy [ˈsɪmpəθi] 同情心

- symptom [ˈsɪmptəm] 徵候
- synonym [ˈsɪnəˌnɪm] 同義字
- system [ˈsɪstəm] 系統
- tryst [trɪst] 幽會
- typical [ˈtɪpɪkl] 典型的

e

- bucket [ˈbʌkɪt] 水桶
- carpet [ˈkɑrpɪt] 地毯
- embarrass [ɪmˈbærəs] 使尷尬
- enable [ɪnˈebl] 使能夠
- English [ˈɪŋglɪʃ] 英文
- here [hɪr] 這兒

- market [ˈmɑrkɪt] 市場
- mere [mɪr] 僅是
- pocket [ˈpɑkɪt] 口袋
- pretty [ˈprɪti] 漂亮的
- ticket [ˈtɪkɪt] 票
- wanted [ˈwɑntɪd] 要（過去式）

⏱ 其他拼法

ea

- dear [dɪr] 親愛的
- ear [ɪr] 耳朵
- fear [fɪr] 恐懼

- gear [gɪr] 排檔
- near [nɪr] 近
- rear [rɪr] 後部

- tear [tɪr] 眼淚
- year [jɪr] 年

ee

- been [bɪn]
  是（過去分詞）
- beer [bɪr] 啤酒

- cheer [tʃɪr] 喝采
- deer [dɪr] 鹿
- jeer [dʒɪr] 嘲笑

- leer [lɪr] 送秋波
- peer [pɪr] 同儕
- queer [kwɪr] 古怪的

a~e

- bandage [ˈbændɪdʒ] 繃帶
- courage [ˈkɜɪdʒ] 勇氣
- damage [ˈdæmɪdʒ] 損害
- fortunate [ˈfɔrtʃənɪt] 幸運的

- moderate [ˈmɑdərɪt] 適度的
- shortage [ˈʃɔrtɪdʒ] 短缺
- temperate [ˈtɛmpərɪt] 有節制的

🕓 特殊拼法

ui

- biscuit [ˈbɪskɪt] 餅乾
- build [bɪld] 建造

- guitar [gɪˈtɑr] 吉他

ei

- counterfeit [ˈkaʊntɚˌfɪt] 仿冒的
- foreign [ˈfɔrɪn] 外國的

- forfeit [ˈfɔrˌfɪt] 喪失

ie

- handkerchief [ˈhæŋkɚˌtʃɪf] 手帕
- mischievous [ˈmɪstʃɪvəs] 愛搗蛋的

- sieve [sɪv] 篩子

u

- busy [ˈbɪzi] 忙碌的

- minute [ˈmɪnɪt] 分

o

- women [ˈwɪmən] 女人（複數）

i~e

■ give [gɪv] 給

■ live [lɪv] 活

[e]

🕐 常見拼法

ai

■ aim [em] 瞄準

■ bait [bet] 餌

■ faith [feθ] 信念

■ gain [gen] 獲得

■ jail [dʒel] 監牢

■ main [men] 主要的

■ nail [nel] 釘子

■ paint [pent] 漆

■ praise [prez] 讚美

■ rain [ren] 雨

■ raise [rez] 舉起

■ sail [sel] 帆

■ Spain [spen] 西班牙

■ tail [tel] 尾巴

■ wait [wet] 等待

ay

■ bay [be] 海灣

■ clay [kle] 泥土

■ day [de] 日子

■ gay [ge] 歡愉的

■ gray [gre] 灰色

■ hay [he] 乾草

■ lay [le] 躺（過去式）

■ May [me] 五月

■ play [ple] 玩

■ pray [pre] 祈禱

■ ray [re] 光芒

■ stay [ste] 停留

■ tray [tre] 盤子

■ way [we] 路

a

■ April [ˋeprəl] 四月

■ baby [ˋbebɪ] 寶寶

■ bathe [beð]（使）沐浴

■ danger [ˋdendʒɚ] 危險

■ famous [ˋfeməs] 有名的

■ lady [ˋledɪ] 淑女

■ laser [ˋlezɚ] 雷射

■ paper [ˋpepɚ] 紙

- radar [ˋredɑr] 雷達
- radio [ˋredɪˏo] 收音機
- station [ˋsteʃən] 車站
- table [ˋtebḷ] 桌子
- vague [veg] 模糊的
- vacation [veˋkeʃən] 假期

a~e

- age [edʒ] 年齡
- bake [bek] 烘烤
- cake [kek] 蛋糕
- date [det] 日期
- fate [fet] 命運
- gate [get] 大門
- hate [het] 恨
- late [let] 遲
- make [mek] 做
- name [nem] 名字
- page [pedʒ] 頁
- same [sem] 相同的
- tale [tel] 故事
- taste [test] 嚐
- waste [west] 浪費

● 其他拼法

eigh

- eight [et] 八
- freight [fret]（運送的）貨物
- neigh [ne] 馬嘶
- neighbor [ˋnebɚ] 鄰居
- sleigh [sle] 雪橇
- weight [wet] 重量

ei

- beige [bedʒ] 深褐色
- feint [fent] 佯裝
- surveillance [sɚˋveləns] 監視
- veil [vel] 面紗
- vein [ven] 靜脈

ey

- convey [kənˋve] 運送
- hey [he] 嘿
- obey [əˋbe] 服從
- prey [pre] 獵物
- they [ðe] 他們
- survey [sɚˋve] 勘察

特殊拼法

ea

- break [brek] 打破
- great [gret] 偉大的
- steak [stek] 牛排

e

- fiancé [ˌfiɑn`se] 未婚夫
- résumé [`rɛzuˌme] 履歷表
- suede [swed] 麂皮

ee

- fiancée [ˌfiɑn`se] 未婚妻

aigh

- straight [stret] 直的

au

- gauge [gedʒ] 量規

[ɛ]

常見拼法

e

- bed [bɛd] 床
- best [bɛst] 最好的
- bet [bɛt] 打賭
- end [ɛnd] 尾端
- hen [hɛn] 母雞
- jet [dʒɛt] 噴射
- left [lɛft] 左邊
- net [nɛt] 網子
- pet [pɛt] 寵物
- rent [rɛnt] 租
- sell [sɛl] 賣
- send [sɛnd] 送
- tent [tɛnt] 帳篷
- test [tɛst] 測試
- vest [vɛst] 背心
- west [wɛst] 西方

ea

- bear [bɛr] 熊
- bread [brɛd] 麵包
- breakfast [ˋbrɛkfəst] 早餐
- breast [brɛst] 胸部
- breath [brɛθ] 氣息
- dead [dɛd] 死的
- head [hɛd] 頭
- health [hɛlθ] 健康

- heavy [ˋhɛvɪ] 重的
- jealous [ˋdʒɛləs] 嫉妒的
- leather [ˋlɛðɚ] 皮革
- measure [ˋmɛʒɚ] 測量
- pleasure [ˋplɛʒɚ] 愉快
- tear [tɛr] 撕破
- wear [wɛr] 穿
- weather [ˋwɛðɚ] 天氣

其他拼法

a

- any [ˋɛnɪ] 任何的
- bare [bɛr] 裸露的
- care [kɛr] 照料
- dare [dɛr] 膽敢

- fare [fɛr] 車費
- many [ˋmɛnɪ] 許多的
- rare [rɛr] 稀罕的
- square [skwɛr] 正方形

- ware [wɛr] 器具
- vary [ˋvɛrɪ] 變更

ai

- again [əˋgɛn] 再一次
- against [əˋgɛnst] 反對
- air [ɛr] 空氣
- fair [fɛr] 公平的

- hair [hɛr] 毛髮
- pair [pɛr] 一對
- said [sɛd] 說（過去式）

特殊拼法

eo

- jeopardy [ˋdʒɛpɚdi] 危險
- leopard [ˋlɛpɚd] 豹

ay

- says [sɛz] 說（第三人稱單數）

ei

- heir [ɛr] 繼承人

註 h 不發音

ue

- guess [gɛs] 猜
- guest [gɛst] 客人

u

- bury [ˋbɛri] 埋葬

[æ]

🕐 常見拼法

a

- am [æm] 是（第一人稱單數）
- ant [ænt] 螞蟻
- bad [bæd] 壞
- bath [bæθ] 洗澡
- cat [kæt] 貓
- dad [dæd] 爹
- fat [fæt] 肥
- glass [glæs] 玻璃
- grab [græb] 抓取
- hat [hæt] 帽子
- lamp [læmp] 燈
- map [mæp] 地圖
- nap [næp] 打盹
- pat [pæt] 輕拍
- plaque [plæk] 飾板
- rat [ræt] 老鼠
- sad [sæd] 悲傷的
- tap [tæp] 輕打
- van [væn] 廂型車

🕒 特殊拼法

au	
■ aunt [ænt] 姨、姑	■ laugh [læf] 笑

ai	
■ plaid [plæd] 格子花呢	

ua	
■ guarantee [ˌgærənˋti] 保證	

a~e	
■ have [hæv] 有	

🕒 常見拼法

註 所有母音字母，即 a、e、i、o、u，若出現在輕音節時，皆可能讀成 [ə]。

a	
■ about [əˋbaʊt] 關於	■ dialogue [ˋdaɪəˌlɔg] 對話
■ across [əˋkrɔs] 橫越	■ elephant [ˋɛləfənt] 大象
■ ago [əˋgo] (今) 之前	■ island [ˋaɪlənd] 島嶼
■ amount [əˋmaʊnt] 數量	■ primary [ˋpraɪmərɪ] 主要的
■ another [əˋnʌðə] 另一個	■ sympathy [ˋsɪmpəθɪ] 同情心
■ attract [əˋtrækt] 吸引	■ workable [ˋwɝkəbl̩] 可行的

e

- believe [bə`liv] 相信
- element [`ɛləmənt] 元素
- excellent [`ɛksələnt] 傑出的
- kitchen [`kɪtʃən] 廚房
- open [`opən] 打開

- problem [`prɑbləm] 問題
- quiet [`kwaɪət] 寂靜的
- several [`sɛvərəl] 幾個
- telephone [`tɛləfon] 電話
- vegetable [`vɛdʒətəbl̩] 蔬菜

i

- accident [`æksədənt] 意外事故
- animal [`ænəml̩] 動物
- easily [`izəlɪ] 容易地
- family [`fæməlɪ] 家庭
- hemisphere [`hɛməs͵fɪr] 半球

- janitor [`dʒænətə] 管理員
- medicine [`mɛdəsn̩] 藥
- possible [`pɑsəbl̩] 可能的
- similar [`sɪmələ] 相似的
- terrible [`tɛrəbl̩] 可怕的

o

- common [`kɑmən] 普通的
- compare [kəm`pɛr] 比較
- confuse [kən`fjuz] 使困惑
- homosexual [homə`sɛkʃuəl] 同性戀
- opinion [ə`pɪnjən] 意見
- police [pə`lis] 警察

- purpose [`pɝpəs] 目的
- question [`kwɛstʃən] 疑問
- second [`sɛkənd] 第二
- symphony [`sɪmfəni] 交響曲
- today [tə`de] 今天

u

- abacus [`æbəkəs] 算盤
- August [`ɔgəst] 八月
- autumn [`ɔtəm] 秋天

- cactus [`kæktəs] 仙人掌
- circus [`sɝkəs] 馬戲團
- focus [`fokəs] 焦點

- lettuce [ˈlɛtəs] 萵苣
- submit [səbˈmɪt] 提交
- suggest [sə(g)ˈdʒɛst] 建議
- support [səˈpɔrt] 支持
- upon [əˈpɑn] 到……上

🕐 其他拼法

ou

- curious [ˈkjʊrɪəs] 好奇的
- dangerous [ˈdendʒərəs] 危險的
- famous [ˈfeməs] 有名的
- generous [ˈdʒɛnərəs] 慷慨的
- joyous [ˈdʒɔɪəs] 歡樂的
- nervous [ˈnɜvəs] 緊張的
- obvious [ˈɑbvɪəs] 明顯的
- tremendous [trɪˈmɛndəs] 驚人的
- zealous [ˈzɛləs] 狂熱的

y

- analysis [əˈnæləsɪs] 分析
- anonymous [əˈnɑnəməs] 匿名的
- platypus [ˈplætəpəs] 鴨嘴獸
- polytheism [ˈpɑləθiˌɪzm] 多神論
- syllabic [səˈlæbɪk] 音節的
- syringe [səˈrɪndʒ] 注射器

ai

- certain [ˈsɜtən] 確實的
- curtain [ˈkɜtən] 窗簾
- fountain [ˈfaʊntən] 噴泉
- mountain [ˈmaʊntən] 山
- porcelain [ˈpɔrslən] 瓷器
- villain [ˈvɪlən] 惡棍

🕐 特殊拼法

ia

- allegiance [əˈlidʒəns] 忠誠
- parliament [ˈpɑrləmənt] 國會
- plagiarism [ˈpledʒəˌrɪzm] 剽竊

io

- legion [ˈlidʒən] 軍團
- region [ˈridʒən] 區域
- religion [rɪˈlɪdʒən] 宗教

eo

- burgeon [ˈbɜdʒən] 發芽
- dungeon [ˈdʌndʒən] 地牢
- pigeon [ˈpɪdʒən] 鴿子

oi

- porpoise [ˈpɔrpəs] 鼠海豚
- tortoise [ˈtɔrtəs] 陸龜

[ʌ]

🕐 常見拼法

u

- but [bʌt] 但是
- cup [kʌp] 杯子
- gun [gʌn] 槍
- just [dʒʌst] 正好
- luck [lʌk] 運氣
- lunch [lʌntʃ] 午餐
- much [mʌtʃ] 多
- nut [uʌt] 堅果
- rub [rʌb] 揉
- run [rʌn] 跑
- sun [sʌn] 太陽
- truck [trʌk] 卡車
- shut [ʃʌt] 關
- ugly [ˈʌglɪ] 醜的
- under [ˈʌndə]
  在……之下

o

- come [kʌm] 來
- done [dʌn] 完成的
- love [lʌv] 愛
- money [ˈmʌnɪ] 錢

- month [mʌnθ] 月
- mother [ˈmʌðə] 母親
- nothing [ˈnʌθɪŋ] 無一物
- other [ˈʌðə] 其他的
- son [sʌn] 兒子

- ton [tʌn] 噸
- tongue [tʌŋ] 舌頭
- won [wʌn] 贏（過去式）
- wonder [ˈwʌndə] 驚異

ou

- country [ˈkʌntrɪ] 國家
- couple [ˈkʌpl̩] 一對
- cousin [ˈkʌzn̩] 表／堂兄、弟、姊、妹
- double [ˈdʌbl̩] 兩倍
- enough [ɪˈnʌf] 足夠的

- rough [rʌf] 粗糙的
- southern [ˈsʌðən] 南方的
- touch [tʌtʃ] 觸摸
- tough [tʌf] 堅韌的
- young [jʌŋ] 年輕的

🕐 特殊拼法

oo

- blood [blʌd] 血

- flood [flʌd] 洪水

oe

- does [dʌz] 做（第三人稱單數）

🕐 常見拼法

ar

- beggar [ˈbɛgə] 乞丐

- burglar [ˈbɝglə] 竊賊

- collar [ˈkɑlə] 領子
- dollar [ˈdɑlə]（美金）元
- grammar [ˈgræmə] 文法
- liar [ˈlaɪə] 說謊者

- popular [ˈpɑpjələ] 受歡迎的
- similar [ˈsɪmələ] 類似的
- sugar [ˈʃugə] 糖
- scholar [ˈskɑlə] 學者

er

- alter [ˈɔltə] 變更
- center [ˈsɛntə] 中心
- dinner [ˈdɪnə] 晚餐
- father [ˈfɑðə] 父親
- letter [ˈlɛtə] 信

- never [ˈnɛvə] 從未
- philosopher [fɪˈlɑsəfə] 哲學家
- summer [ˈsʌmə] 夏天
- teacher [ˈtitʃə] 老師
- whether [ˈhwɛðə] 是否

or

- actor [ˈæktə] 演員
- author [ˈɔθə] 作者
- bachelor [ˈbætʃələ] 單身漢
- doctor [ˈdɑktə] 醫生
- favor [ˈfevə] 恩惠

- honor [ˈɑnə] 榮譽
- motor [ˈmotə] 馬達
- odor [ˈodə] 氣味
- tailor [ˈtelə] 裁縫師
- vendor [ˈvɛndə] 小販

🕐 其他拼法

re

- failure [ˈfeljə] 失敗
- figure [ˈfɪgjə] 數字
- future [ˈfjutʃə] 未來

- gesture [ˈdʒɛstʃə] 手勢
- measure [ˈmɛʒə] 測量
- pleasure [ˈplɛʒə] 愉快

ur	
■ augur [ˈɔgɚ] 占卜師	■ sulfur [ˈsʌlfɚ] 硫磺
■ murmur [ˈmɜmɚ] 喃喃低語	■ surprise [sɚˈpraɪz] 吃驚
■ Saturday [ˈsætɚˌde] 星期六	■ survive [sɚˈvaɪv] 倖存

⏱ 特殊拼法

ir	
■ elixir [ɪˈlɪksɚ] 萬靈藥	

yr	
■ martyr [ˈmɑrtɚ] 烈士	

wer	
■ answer [ˈænsɚ] 回答	

⏱ 常見拼法

er	
■ certify [ˈsɜtəˌfaɪ] 證明合格	■ person [ˈpɜsṇ] 人
■ fern [fɜn] 蕨類	■ prefer [prɪˈfɜ] 較喜歡
■ her [hɜ] 她的	■ serve [sɜv] 服務
■ infer [ɪnˈfɜ] 推論	■ term [tɜm] 條件
■ nerve [nɜv] 神經	■ verb [vɜb] 動詞

ir

- bird [bɜd] 鳥
- dirty [ˋdɜtɪ] 骯髒的
- first [fɜst] 第一
- shirt [ʃɜt] 襯衫
- skirt [skɜt] 裙子
- stir [stɜ] 攪拌
- third [θɜd] 第三
- thirsty [ˋθɜstɪ] 口渴

ur

- burn [bɜn] 燃燒
- curse [kɜs] 詛咒
- fur [fɜ] 毛皮
- hurt [hɜt] 傷害
- nurse [nɜs] 護士
- occur [əˋkɜ] 發生
- purchase [ˋpɜtʃəs] 購買
- purple [ˋpɜpl] 紫色
- surf [sɜf] 衝浪
- Thursday [ˋθɜzˌde] 星期四

ear

- early [ˋɜlɪ] 早的
- earn [ɜn] 賺得
- earnest [ˋɜnɪst] 認真的
- earth [ɜθ] 地球
- heard [hɜd] 聽到（過去式）
- learn [lɜn] 學習
- pearl [pɜl] 珍珠
- research [rɪˋsɜtʃ] 研究
- search [sɜtʃ] 搜尋

🕐 其他拼法

or

- word [wɜd] 字
- work [wɜk] 工作
- world [wɜld] 世界
- worm [wɜm] 蟲
- worry [ˋwɜi] 擔心
- worship [ˋwɜʃɪp] 崇拜

our

- adjourn [əˋdʒɜn] 休會
- courage [ˋkɜɪdʒ] 勇氣
- courtesy [ˋkɜtəsɪ] 禮貌
- journal [ˋdʒɜnl] 期刊
- journey [ˋdʒɜnɪ] 旅程
- nourish [ˋnɜɪʃ] 滋養

⏱ 特殊拼法

eur
■ chauffeur [ʃoˋfɜ] 司機 　｜　 ■ connoisseur [ˌkɑnəˋsɜ] 鑑賞家

err
■ err [ɜ] 犯錯 　｜

urr
■ purr [pɜ] （貓）嗚嗚叫 　｜

yr
■ myrtle [ˋmɜtḷ] 香桃木 　｜

olo
■ colonel [ˋkɜnḷ] 陸軍上校 　｜

[u]

⏱ 常見拼法

oo		
■ boot [but] 靴子	■ goose [gus] 鵝	■ smooth [smuð] 平滑的
■ choose [tʃuz] 選擇	■ loose [lus] 鬆的	■ spoon [spun] 湯匙
■ cool [kul] 涼的	■ moon [mun] 月亮	■ taboo [təˋbu] 禁忌
■ food [fud] 食物	■ pool [pul] 池子	■ too [tu] 也
■ fool [ful] 傻瓜	■ shoot [ʃut] 射擊	■ tooth [tuθ] 牙齒

ew

- brew [bru] 沏、泡
- chew [tʃu] 咀嚼
- crew [kru] 船、機員
- drew [dru] 拉（過去式）
- flew [flu] 飛（過去式）

- grew [gru] 生長（過去式）
- Jew [dʒu] 猶太人
- jewel [ˋdʒuəl] 珠寶
- screw [skru] 螺絲
- threw [θru] 丟（過去式）

u

- Bruce [brus] 布魯斯（男子名）
- July [duˋlaɪ] 七月
- lucid [ˋlusɪd] 清澈的
- lunar [ˋlunə] 月亮的

- Peru [pəˋru] 祕魯
- Ruth [ruθ] 露絲（女子名）
- Susan [ˋsuzn̩] 蘇珊（女子名）
- truth [truθ] 真相

u~e

- absolute [ˋæbsəˌlut] 絕對的
- consume [kənˋsum] 消耗
- flute [flut] 笛子
- include [ɪnˋklud] 包括
- June [dʒun] 六月

- Luke [luk] 路克（男子名）
- nude [nud] 赤裸的
- peruse [pəˋruz] 精讀
- rule [rul] 規則
- schedule [ˋskɛdʒul] 時間表

🕐 其他拼法

ou

- coupon [ˋkupɑn] 優待券
- group [grup] 群

- Louvre [ˋluvə] 羅浮宮
- rouge [ruʒ] 胭脂

- soup [sup] 湯
- you [ju] 你

ue

- blue [blu] 藍色
- clue [klu] 線索
- glue [glu] 膠水
- pursue [pɚ`su] 追求
- rue [ru] 悔恨
- true [tru] 眞實的

ui

- bruise [bruz] 瘀傷
- cruise [kruz] 巡航
- fruit [frut] 水果
- juice [dʒus] 果汁
- sluice [slus] 水閘
- suit [sut] 套裝

🕐 特殊拼法

o

- do [du] 做
- movie [`muvɪ] 電影
- to [tu] 到
- who [hu] 誰

o~e

- lose [luz] 失去
- move [muv] 移動
- prove [pruv] 證明
- whose [huz] 誰的

oe

- canoe [kə`nu] 獨木舟
- shoe [ʃu] 鞋子

eu

- maneuver [mə`nuvɚ] 調遣

ieu

- lieutenant [lu`tɛnənt] 陸軍中尉

wo

■ two [tu] 二

ough

■ through [θru] 穿過

常見拼法

oo

■ book [buk] 書

■ cook [kuk] 烹煮

■ foot [fut] 腳

■ good [gud] 好的

■ hood [hud] 頭巾

■ hook [huk] 鈎子

■ look [luk] 看

■ nook [nuk] 角落

■ poor [pur] 貧窮的

■ stood [stud] 站（過去式）

■ took [tuk] 拿（過去式）

■ wood [wud] 木材

■ wool [wul] 羊毛

u

■ bull [bul] 公牛

■ cuckoo [`kuku] 布穀鳥

■ full [ful] 滿的

■ jury [`dʒurɪ] 陪審團

■ pull [pul] 拉

■ push [puʃ] 推

■ put [put] 放

■ sugar [`ʃugɚ] 糖

■ sure [ʃur] 確信的

■ superb [ʃu`pɝb] 極好的

🕐 其他拼法

ou	
■ bourgeois [bur`ʒwɑ] 中產階級	■ gourmet [`gurme] 美食家
■ courier [`kurɪə] 快遞	■ tour [tur] 觀光
■ dour [dur] 陰鬱的	■ your [jur] 你的

🕐 特殊拼法

o	
■ woman [`wumən] 女人	■ wolf [wulf] 狼

oul	
■ could [kud] 能夠（過去式）	■ would [wud] 會（過去式）
■ should [ʃud] 應該	

[O]

🕐 常見拼法

o	
■ both [boθ] 二者皆	■ open [`opən] 打開
■ cold [kold] 冷的	■ over [`ovə] 在……上方
■ don't [dont] 不；別	■ roll [rol] 滾動
■ go [go] 去	■ sold [sold] 賣（過去式）
■ gold [gold] 金子	■ told [told] 告訴（過去式）
■ most [most] 大多數	■ vogue [vog] 時尚
■ only [`onli] 唯一的	

oa

- boat [bot] 船
- coal [kol] 煤
- coat [kot] 外套
- goat [got] 山羊

- Joan [dʒon] 瓊（女子名）
- load [lod] 裝貨
- loath [loθ] 不願意的
- oat [ot] 燕麥

- road [rod] 道路
- soap [sop] 肥皂
- toad [tod] 蟾蜍
- toast [tost] 烤麵包

ow

- bow [bo] 弓
- blow [blo] 吹
- crow [kro] 烏鴉
- flow [flo] 流
- grow [gro] 生長
- know [no] 知道

- low [lo] 低的
- mow [mo] 刈草
- row [ro] 一排
- show [ʃo] 出示
- slow [slo] 慢的
- snow [sno] 雪

- sow [so] 播種
- throw [θro] 丟
- tow [to] 拖引
- window [ˋwɪdo] 窗戶
- yellow [ˋjɛlo] 黃色

o~e

- bone [bon] 骨頭
- close [klos] 近的
- dose [dos] 一劑
- hole [hol] 洞
- home [hom] 家
- joke [dʒok] 笑話
- nose [noz] 鼻子

- phone [fon] 電話
- pose [poz] 姿勢
- quote [kwot] 引用
- rope [rop] 繩子
- those [ðoz] 那些
- woke [wok] 醒來（過去式）
- wrote [rot] 寫（過去式）

🕐 其他拼法

oe

■ doe [do] 母鹿　　　　■ Joe [dʒo] 喬（男子名）　　■ toe [to] 腳趾

■ foe [fo] 敵人　　　　■ oboe [ˋobo] 雙簧管　　　■ woe [wo] 悲痛

■ hoe [ho] 鋤頭

🕐 特殊拼法

ough

■ borough [ˋbɝo] 區、里　　■ thorough [ˋθɝo] 徹底的　　■ though [ðo] 雖然

■ dough [do] 麵糰

eau

■ bureau [ˋbjʊro] 局、處　　■ plateau [plæˋto] 高原　　■ tableau [ˋtæblo] 活人畫

owe

■ owe [o] 欠

ou

■ soul [sol] 靈魂

oo

■ brooch [brotʃ] 胸針

oh

■ oh [o] 噢

au

- mauve [mov] 淡紫色

aux

- faux pas [ˋfoˋpɑ] 失禮

eo

- yeoman [ˋjomən] 自耕農

[ɔ]

🕐 常見拼法

o

- across [əˋkrɔs] 橫越
- boss [bɔs] 老闆
- dog [dɔg] 狗
- gone [gɔn] 去（過去分詞）
- long [lɔŋ] 長
- loss [lɔs] 損失

- more [mɔr] 更多
- office [ˋɔfɪs] 辦公室
- score [skɔr] 分數
- short [ʃɔrt] 短
- toss [tɔs] 扔

a

- also [ˋɔlso] 亦、也
- always [ˋɔlwez] 總是
- ball [bɔl] 球
- call [kɔl] 叫
- fall [fɔl] 落下

- mall [mɔl] 購物商場
- salt [sɔlt] 鹽
- tall [tɔl] 高
- warm [wɔrm] 溫暖的

au

- audience [ˈɔdɪəns] 聽眾
- August [ˈɔgəst] 八月
- cause [kɔz] 原因
- faucet [ˈfɔsɪt] 水龍頭
- fault [fɔlt] 過失
- haunted [ˈhɔntɪd] 鬼魂出沒的
- launch [lɔntʃ] 發射
- Paul [pɔl] 保羅（男子名）
- vault [vɔlt] 地下貯藏室

aw

- awful [ˈɔfʊl] 可怕的
- brawl [brɔl] 爭吵
- crawl [krɔl] 爬行
- dawn [dɔn] 黎明
- draw [drɔ] 拉
- jaw [dʒɔ] 下巴
- law [lɔ] 法律
- raw [rɔ] 生的
- saw [sɔ] 看到（過去式）

⏱ 其他拼法

ou

- cough [kɔf] 咳嗽
- course [kɔrs] 課程
- court [kɔrt] 法庭
- four [fɔr] 四
- mourn [mɔrn] 哀悼
- pour [pɔr] 傾倒

ough

- bought [bɔt] 買（過去式）
- brought [brɔt] 帶來（過去式）
- fought [fɔt] 打架（過去式）
- ought [ɔt] 應該
- sought [sɔt] 尋求（過去式）
- thought [θɔt] 思想

augh

- caught [kɔt] 捉住（過去式）
- daughter [ˈdɔtə] 女兒
- haughty [ˈhɔti] 高傲的
- naughty [ˈnɔti] 頑皮的
- slaughter [ˈslɔtə] 屠宰
- taught [tɔt] 教（過去式）

🕐 特殊拼法

oo

- door [dɔr] 門
- floor [flɔr] 地板

oa

- board [bɔrd] 木板
- broad [brɔd] 寬的

ah

- Utah [ˋjutɔ] 猶他州

as

- Arkansas [ˋarkənˏsɔ] 阿肯色州

🕐 常見拼法

a

- are [ar] 是（第二人稱及複數）
- arm [arm] 手臂
- art [art] 藝術
- bar [bar] 酒吧
- car [kar] 車子
- dark [dark] 暗的
- far [far] 遠的
- father [ˋfaðə] 父親
- hard [hard] 硬的
- large [lardʒ] 大的
- market [ˋmarkɪt] 市場
- park [park] 公園
- target [ˋtargɪt] 靶
- wand [wand] 棒、杖
- wander [ˋwandə] 遊蕩
- wash [waʃ] 洗
- watch [watʃ] 手錶

o

- Bob [bɑb] 鮑伯（男子名）
- clock [klɑk] 鐘
- collar [ˋkɑlɚ] 領子
- doctor [ˋdɑktɚ] 醫生
- fox [fɑks] 狐狸
- hot [hɑt] 熱的
- job [dʒɑb] 工作
- mob [mɑb] 暴民

- nod [nɑd] 點頭
- problem [ˋprɑbləm] 問題
- rock [rɑk] 岩石
- sock [sɑk] 襪子
- shop [ʃɑp] 商店
- stop [stɑp] 停止
- top [tɑp] 頂部

🕐 特殊拼法

ach

- yacht [jɑt] 遊艇

ea

- heart [hɑrt] 心臟

eau

- bureaucracy [bjuˋrɑkrəsɪ] 官僚政治

ow

- knowledge [ˋnɑlɪdʒ] 知識

e

- sergeant [ˋsɑrdʒənt] 陸軍中士

[aɪ]

🕐 常見拼法

i

- bicycle [ˋbaɪˏsɪk!] 腳踏車
- biology [baɪˋɑlədʒi] 生物學
- child [tʃaɪld] 小孩
- climb [klaɪm] 爬
- find [faɪnd] 找到
- Friday [ˋfraɪde] 星期五
- kind [kaɪnd] 仁慈的
- library [ˋlaɪˏbrɛri] 圖書館
- mind [maɪnd] 心靈

- ninth [naɪnθ] 第九
- pint [paɪnt] 品脫
- riot [ˋraɪət] 暴動
- sign [saɪn] 標示
- silence [ˋsaɪləns] 寂靜
- tidy [ˋtaɪdi] 整潔的
- vibrate [ˋvaɪbret] 震動
- wild [waɪld] 野生的
- wind [waɪnd] 上發條

y

- by [baɪ] 藉由
- cry [kraɪ] 哭
- dry [draɪ] 乾的
- dying [ˋdaɪɪŋ] 死（現在分詞）
- fly [flaɪ] 飛
- fry [fraɪ] 炸
- lying [ˋlaɪɪŋ] 說謊（現在分詞）

- my [maɪ] 我的
- psychology [saɪˋkɑlədʒi] 心理學
- reply [rɪˋplaɪ] 回答
- satisfy [ˋsætɪsˏfaɪ] 使滿足
- sky [skaɪ] 天空
- sly [slaɪ] 狡猾的
- try [traɪ] 嘗試

igh

- bright [braɪt] 光亮的
- fight [faɪt] 打架

- flight [flaɪt] 飛行
- knight [naɪt] 騎士

- light [laɪt] 光線
- might [maɪt] 可能（過去式）
- night [naɪt] 晚間
- right [raɪt] 對的
- sight [saɪt] 景象
- tight [taɪt] 緊的
- Wright [raɪt] 萊特（人名）

i~e		
■ bite [baɪt] 咬	■ like [laɪk] 喜歡	■ time [taɪm] 時間
■ crime [kraɪm] 罪	■ mile [maɪl] 英哩	■ tire [taɪr] 使疲倦
■ fire [faɪr] 火	■ rice [raɪs] 米	■ wife [waɪf] 妻子
■ ice [aɪs] 冰	■ site [saɪt] 地點	■ write [raɪt] 寫

🕐 其他拼法

ie		
■ die [daɪ] 死	■ pie [paɪ] 派	■ vie [vaɪ] 競爭
■ lie [laɪ] 說謊；躺	■ tie [taɪ] 綁	

y~e		
■ gyrate [ˋdʒaɪret] 迴旋	■ rhyme [raɪm] 押韻	■ type [taɪp] 樣式
■ hyper [ˋhaɪpə] 亢奮的	■ style [staɪl] 風格	

🕐 特殊拼法

ye	
■ bye [baɪ] 再見	■ dye [daɪ] 染色

ui		
■ disguise [dɪsˋgaɪz] 偽裝	■ guide [gaɪd] 導遊	■ guile [gaɪl] 狡詐

uy

■ buy [baɪ] 買   ■ guy [gaɪ] 傢伙

ei

■ feisty [ˋfaɪsti] 好爭吵的   ■ heist [haɪst] 搶劫

eigh

■ height [haɪt] 身高   ■ sleight [slaɪt] 靈巧

ey

■ geyser [ˋgaɪzə] 間歇泉

ai

■ aisle [aɪl] 通道

ay

■ kayak [ˋkaɪæk] 愛斯基摩小船

eye

■ eye [aɪ] 眼睛

oy

■ coyote [kaɪˋot] 郊狼

[aʊ]

⏱ 常見拼法

ou

- about [əˋbaʊt] 大約
- bound [baʊnd] 被綑綁的
- cloud [klaʊd] 雲
- found [faʊnd] 找到（過去式）
- house [haʊs] 房屋
- loud [laʊd] 響亮的
- mouse [maʊs] 老鼠
- our [aʊr] 我們的
- proud [praʊd] 驕傲的
- round [raʊnd] 圓的
- shout [ʃaʊt] 喊叫
- south [saʊθ] 南方
- thousand [ˋθaʊzn̩d] 千
- without [wɪðˋaʊt] 沒有

ow

- bow [baʊ] 鞠躬
- cow [kaʊ] 母牛
- clown [klaʊn] 小丑
- crown [kraʊn] 皇冠
- down [daʊn] 向下
- frown [fraʊn] 皺眉
- how [haʊ] 如何
- now [naʊ] 現在
- owl [aʊl] 貓頭鷹
- power [ˋpaʊɚ] 力量
- shower [ˋʃaʊɚ] 沖澡
- town [taʊn] 城鎮
- vowel [vaʊ(ə)l] 母音
- wow [waʊ] 哇

⏱ 特殊拼法

au

- Bauhaus [ˋbaʊhaʊs] 包浩斯（德國建築之一派）
- Faust [faʊst] 浮士德

ough

- bough [baʊ] 粗樹枝
- slough [slaʊ] 泥坑

[ɔɪ]

🕐 常見拼法

oi

- boil [bɔɪl] 煮沸
- choice [tʃɔɪs] 選擇
- coin [kɔɪn] 硬幣
- foil [fɔɪl] 箔
- hoist [hɔɪst] 升起

- join [dʒɔɪn] 結合
- moist [mɔɪst] 微濕的
- noise [nɔɪz] 噪音
- oil [ɔɪl] 油
- poison [ˋpɔɪzn̩] 毒藥

- soil [sɔɪl] 土壤
- spoil [spɔɪl] 糟蹋
- toilet [ˋtɔɪlɪt] 馬桶
- voice [vɔɪs] (人的)聲音
- void [vɔɪd] 空的

oy

- annoy [əˋnɔɪ] 煩擾
- boy [bɔɪ] 男孩
- coy [kɔɪ] 嬌羞的
- destroy [dɪˋstrɔɪ] 毀壞
- enjoy [ɪnˋdʒɔɪ] 享受
- foyer [ˋfɔɪə] 門廳
- joy [dʒɔɪ] 歡樂

- loyal [ˋlɔɪəl] 忠誠的
- oyster [ˋɔɪstə] 牡蠣
- ploy [plɔɪ] 策略
- royal [ˋrɔɪəl] 王室的
- unemployment [ˌʌnɪmˋplɔɪmənt] 失業

🕐 特殊拼法

uoy

- buoy [bɔɪ] 浮標

eu

- Freud [frɔɪd] 佛洛伊德

第**3**章

英文的子音

相對於發母音時氣流的不受阻礙，當發聲時氣流只要受發音器官的任何阻礙，所發出來的聲音就是子音。與母音不同，子音可為無聲或有聲。除了有聲與無聲（即聲帶的震動與否）之外，不同子音的區別還得看：一、發音方式與二、發音部位的不同。標準英文的子音一共有二十四個，以 K.K. 音標表示，它們為 p、b、t、d、k、g、f、v、θ、ð、s、z、ʃ、ʒ、h、tʃ、dʒ、m、n、ŋ、l、r、w、j。請看下面英文子音的分類圖表。

發音方式＼發音部位		雙唇音	唇齒音	齒間音	齒槽音	齒槽硬顎音	硬顎音	軟顎音	聲門音
閉鎖音（爆裂音）	無聲	p			t			k	
	有聲	b			d			g	
摩擦音	無聲		f	θ	s		ʃ		h
	有聲		v	ð	z		ʒ		
爆擦音	無聲					tʃ			
	有聲					dʒ			
鼻音	有聲	m			n			ŋ	
流音	有聲				l	r			
滑音	有聲	w					j		

　　以下我們還是以對照比較的方式來幫助讀者準確掌握英文的各個子音。

單元一 [p] vs. [b]

發音要訣

[p] 和 [b] 是英文的兩個雙唇閉鎖音，或稱之為爆裂音。發 [p] 與 [b] 時雙唇應先緊閉，然後瞬間放開雙唇，以爆裂的方式釋放氣流。二者間的差異在於

- 發 [p] 時不振動聲帶（無聲）；發 [b] 時須振動聲帶（有聲）
- 由於發 [p] 時無須振動聲帶，故出氣較強；發 [b] 時必須振動聲帶，因此出氣相對稍弱

單音示範　TRACK 40

A. [p]、[p]、[p]

B. [b]、[b]、[b]

對照示範　TRACK 41

A. [p]-[b]、[p]-[b]、[p]-[b]

B. [b]-[p]、[b]-[p]、[b]-[p]

例字比一比　TRACK 42

[p] vs. [b]		
■ path [pæθ] 小徑	▶	bath [bæθ] 洗澡
■ pay [pe] 付錢	▶	bay [be] 海灣
■ pea [pi] 豆子	▶	bee [bi] 蜜蜂

■ pet [pɛt] 寵物	▶	bet [bɛt] 打賭
■ pie [paɪ] 派	▶	by [baɪ] 藉由
■ cap [kæp] 棒球帽	▶	cab [kæb] 計程車
■ lap [læp] 膝部	▶	lab [læb] 實驗室
■ mop [mɑp] 拖把	▶	mob [mɑb] 暴民
■ rip [rɪp] 撕裂	▶	rib [rɪb] 肋骨
■ rope [rop] 繩子	▶	robe [rob] 長袍

◎》 **片語示範** (TRACK **43**)

[p]	[b]
■ a pink cap	■ a black robe
■ play the piano	■ the blue bay
■ please stop and pay	■ by the big lab

✎ **辨音練習** (TRACK **44**)

■ 片語練習：請將正確的子音填入空格中，[p] / [b]；[p] / [b]。

① peas and beads   ([   ]、[   ])

② buy a pie   ([   ]、[   ])

③ pass by the beach   ([   ]、[   ])

■ 句子練習：請將聽到的字寫在空格中。

① He took the (pill / bill).   (   )

② She put the (robe / rope) on the table.   (   )

③ Why did you (pat / bat) the ball?   (   )

大師提點

注意，事實上無聲的 [p] 有兩種發音。如果 [p] 出現在字首或音節首則爲送氣音 [pʰ]；若出現在摩擦音 [s] 之後則爲不送氣音 [pº]。

比較示範　[pʰ] vs. [pº]　TRACK 45

- pair [pʰɛr] 一對　▶　spare [spºɛr] 免除
- peak [pʰik] 尖峰　▶　speak [spºik] 說
- pit [pʰɪt] 坑　▶　spit [spºɪt] 吐
- poke [pʰok] 戳　▶　spoke [spºok] 說（過去式）
- pray [pʰre] 祈禱　▶　spray [spºre] 噴灑

如同讀者所聽到，事實上 [pʰ] 就相當於中文的「ㄆ」，而 [pº] 則與「ㄅ」相同。

另外，注意有許多母語人士把 [b] 唸成「ㄅ」，亦即 [pº]。理論上這是錯誤的，因爲 [b] 是有聲子音，而中文的「ㄅ」或英文的 [pº] 是無聲子音；但是，由於英文的 [p] 唸成 [pº] 時一定是在 [s] 之後，因此縱使一般人圖簡把 [b] 唸成 [pº]，事實上並不會造成理解上的困擾。（這也正是爲什麼中文所謂的「拼音系統」（pinyin system）會把北京的「北」拼成 "bei" 的原因。其實較精確的拼法應該是 "pei"，正如我們把台北的「北」拼成 "pei"，只不過這裡的 [p] 應該唸成不送氣的 [pº]，也就是「ㄅ」。）

單元二 [t] vs. [d]

🎙 發音要訣

[t] 和 [d] 是英文的齒槽閉鎖（爆裂）音。發 [t] 與 [d] 時舌尖部分應抵住上排牙齒後方靠牙齦處，把氣流擋住，然後瞬間收回舌頭讓氣排出。二者的不同在於

- 發 [t] 時不振動聲帶（無聲）；發 [d] 時須振動聲帶（有聲）
- [t] 的出氣較強；[d] 的出氣較弱

🔊 單音示範　TRACK 46

A. [t]、[t]、[t]

B. [d]、[d]、[d]

🔊 對照示範　TRACK 47

A. [t]-[d]、[t]-[d]、[t]-[d]

B. [d]-[t]、[d]-[t]、[d]-[t]

🔊 例字比一比　TRACK 48

[t] vs. [d]

■ tear [tɪr] 眼淚 ▶	dear [dɪr] 親愛的
■ tie [taɪ] 綁 ▶	die [daɪ] 死
■ toe [to] 腳趾 ▶	doe [do] 母鹿
■ too [tu] 也 ▶	do [du] 做

■ try [traɪ] 嘗試	▶	dry [draɪ] 乾的
■ hit [hɪt] 打	▶	hid [hɪd] 藏（過去式）
■ late [let] 遲的	▶	laid [led] 置放（過去式）
■ neat [nit] 整潔的	▶	need [nid] 需要
■ root [rut] 根	▶	rude [rud] 粗野的
■ sat [sæt] 坐（過去式）	▶	sad [sæd] 悲傷的

🔊 片語示範　(TRACK 49)

[t]	[d]
■ tame a tiger	■ dress in red
■ don't be late	■ drink to death
■ take it out	■ needed a friend

✏️ 辨音練習　(TRACK 50)

■ 片語練習：請將正確的子音填入空格中，[t] / [d]；[d] / [t]。

① drive a truck 　　　　　　（[　　]、[　　]）

② tie the doe 　　　　　　　（[　　]、[　　]）

③ hid a hat 　　　　　　　　（[　　]、[　　]）

■ 句子練習：請將聽到的字寫在空格中。

① I don't have the (time / dime).　（　　　　　）

② He can (ride / write) very well.　（　　　　　）

③ There's one (seat / seed) left.　（　　　　　）

注意，與 [p] 相同，無聲的 [t] 有兩種發音。送氣的 [tʰ] 和不送氣的 [tᵒ]。

比較示範 [tʰ] vs. [tᵒ]　TRACK **51**

- tear [tʰɪr] 眼淚　　▶　steer [stᵒɪr] 駕駛
- tear [tʰɛr] 撕破　　▶　stair [stᵒɛr] 樓梯
- tick [tʰɪk] 滴答（聲）　▶　stick [stᵒɪk] 棍子
- tile [tʰaɪl] 瓷磚　　▶　style [stᵒaɪl] 風格
- tone [tʰon] 語調　　▶　stone [stᵒon] 石頭

[tʰ] 相當於中文的「ㄊ」；[tᵒ] 相當於「ㄉ」。許多母語人士會把有聲的 [d] 唸成 [tᵒ]，雖不正確，但一般都可接受。

單元三 [k] vs. [g]

🎙 發音要訣

[k] 和 [g] 為英文的軟顎閉鎖（爆裂）音。發 [k] 與 [g] 時舌身後部須隆起，抵住軟顎（位於口腔上方、小舌（uvula）之前），把氣流擋住，然後瞬間放鬆舌頭把氣排出。二者的不同在於

- 發 [k] 時不振動聲帶；發 [g] 時須振動聲帶
- 無聲的 [k] 的出氣較強；有聲的 [g] 的出氣稍弱

🔊 單音示範　TRACK 52

A. [k]、[k]、[k]

B. [g]、[g]、[g]

🔊 對照示範　TRACK 53

A. [k] - [g]、[k] - [g]、[k] - [g]

B. [g] - [k]、[g] - [k]、[g] - [k]

🔊 例字比一比　TRACK 54

[k] vs. [g]	
■ card [kɑrd] 卡片 ▶	guard [gɑrd] 守衛
■ come [kʌm] 來 ▶	gum [gʌm] 樹膠
■ cut [kʌt] 切 ▶	gut [gʌt] 腸
■ Kate [ket] 凱特（女子名）▶	gate [get] 大門

- kill [kɪl] 殺　　　▶　gill [gɪl] 魚鰓
- back [bæk] 背部　　▶　bag [bæg] 袋子
- buck [bʌk] 公鹿　　▶　bug [bʌg] 小蟲子
- leak [lik] 漏　　　▶　league [lig] 聯盟
- pick [pɪk] 挑選　　▶　pig [pɪg] 豬
- sack [sæk] 粗布袋　▶　sag [sæg] 下垂

🔊 片語示範　TRACK 55

[k]	[g]
■ <u>c</u>ut the ca<u>k</u>e	■ a big bug
■ wal<u>k</u> to wor<u>k</u>	■ goats and pigs
■ <u>k</u>i<u>ck</u> the <u>c</u>at	■ guard the gate

✏️ 辨音練習　TRACK 56

■ 片語練習：請將正確的子音填入空格中，[k] / [g]；[g] / [k]。

① <u>g</u>o to <u>c</u>lass 　　　（[　]、[　]）

② <u>c</u>lean the <u>g</u>lass 　　（[　]、[　]）

③ <u>g</u>rab some <u>c</u>andy 　（[　]、[　]）

■ 句子練習：請將聽到的字寫在空格中。

① There's a fly on your (back / bag).　　　（　　　　）

② That's a very lovely (curl / girl).　　　（　　　　）

③ We'd better send for some (cards / guards).　　（　　　　）

大師提點

注意，無聲的 [k] 有兩種發音：[kʰ] 和 [kᵒ]。

比較示範 [kʰ] vs. [kᵒ] （TRACK **57**）

- can [kʰæn] 能夠　　　▶　　scan [skᵒæn] 掃描
- care [kʰɛr] 照料　　　▶　　scare [skᵒɛr] 驚嚇
- cool [kʰul] 涼的　　　▶　　school [skᵒul] 學校
- cope [kʰop] 處理　　　▶　　scope [skᵒop] 範圍
- kill [kʰɪl] 殺　　　　▶　　skill [skᵒɪl] 技巧

　　[kʰ] 相當於中文的「ㄎ」；[kᵒ] 相當於「ㄍ」。由於不致引起誤解，因此英文有聲的 [g] 若被唸成無聲的 [kᵒ] 仍可接受。

單元四 [f] vs. [v]

發音要訣

[f] 和 [v] 是唇齒摩擦音。發這兩個音時，上排牙齒應輕置於下嘴唇上，然後將氣流由唇齒間擠過，產生摩擦聲。二者的差別在於

- [f] 為無聲音（相當於中文的「ㄈ」），發音時不振動聲帶；[v] 為有聲音，發音時須振動聲帶
- 因無須振動聲帶，故 [f] 的出氣較強，摩擦聲較明顯；發 [v] 時因須振動聲帶，故出氣較弱，摩擦較不明顯。

單音示範　TRACK 58

A. [f]、[f]、[f]

B. [v]、[v]、[v]

對照示範　TRACK 59

A. [f] - [v]、[f] - [v]、[f] - [v]

B. [v] - [f]、[v] - [f]、[v] - [f]

例字比一比　TRACK 60

[f] vs. [v]

■ face [fes] 臉　　　　▶　vase [ves] 花瓶

■ fast [fæst] 快的　　　▶　vast [væst] 廣大的

■ few [fju] 很少的　　　▶　view [vju] 景觀

- file [faɪl] 檔案　　　▶　　vile [vaɪl] 卑劣的
- fine [faɪn] 美好的　　▶　　vine [vaɪn] 葡萄藤
- grief [grif] 悲痛　　　▶　　grieve [griv] 感到悲痛
- half [hæf] 一半　　　▶　　halve [hæv] 二等分
- leaf [lif] 樹葉　　　　▶　　leave [liv] 離開
- proof [pruf] 證據　　▶　　prove [pruv] 證明
- safe [sef] 安全的　　▶　　save [sev] 拯救

◀》 片語示範　（TRACK 61）

[f]	[v]
■ the fourth floor	■ visit Steve
■ fix the fan	■ leave the view
■ find Jeff's faults	■ a very vile villain

✎ 辨音練習　（TRACK 62）

■ 片語練習：請將正確的子音填入空格中，[f] / [v]；[v] / [f]。

① a famous movie 　　([　]、[　])

② a fine vine 　　　　([　]、[　])

③ save the file 　　　([　]、[　])

■ 句子練習：請將聽到的字寫在空格中。

① I just bought a (van / fan). 　　　(　　　)

② You've got quite a (few / view) here. 　(　　　)

③ He's going to take a (leave / leaf). 　(　　　)

單元五 [θ] vs. [ð]

🎤 發音要訣

[θ] 和 [ð] 為齒間摩擦音。發這兩個音的時候，應將舌前外緣至於上、下排牙齒之間，讓氣流由上排牙齒與舌尖之間擠過，產生摩擦聲。二者的不同在於

- [θ] 為無聲音，發音時不振動聲帶；[ð] 為有聲音，發音時須振動聲帶
- [θ] 的出氣較強，摩擦聲較明顯；[ð] 的出氣較弱，摩擦聲相對較小

🔊 單音示範　TRACK 63

A. [θ]、[θ]、[θ]

B. [ð]、[ð]、[ð]

🔊 對照示範　TRACK 64

A. [θ]-[ð]、[θ]-[ð]、[θ]-[ð]

B. [ð]-[θ]、[ð]-[θ]、[ð]-[θ]

🔊 例字比一比　TRACK 65

[θ] vs. [ð]

▪ bath [bæθ] 洗澡（名詞）	▶	bathe [beð] 洗澡（動詞）
▪ breath [brεθ] 呼吸（名詞）	▶	breathe [brið] 呼吸（動詞）
▪ cloth [klɔθ] 布	▶	clothe [kloð] 穿衣

■ ether [ˈiθɚ] 醚	▶	either [ˈiðɚ] 二者任一
■ lath [læθ] 木板條	▶	lathe [leð] 車床
■ loath [loθ] 不願意的	▶	loathe [loð] 厭惡
■ south [sauθ] 南方	▶	southern [ˈsʌðɚn] 南方的
■ mouth [mauθ] 嘴巴	▶	mouth [mauð] 不出聲地說
■ teeth [tiθ] 牙齒（複數）	▶	teeth [tið] 長牙齒
■ thigh [θaɪ] 大腿	▶	thy [ðaɪ]（古）你的

片語示範 TRACK 66

[θ]	[ð]
■ three thieves	■ Father and Mother
■ north and south	■ bathe his brother
■ through thick and thin	■ neither this nor that

辨音練習 TRACK 67

■ 片語練習：請將正確的子音填入空格中，[θ]/[ð]；[ð]/[θ]。

① those thoughts　　（[　　]、[　　]）

② southern authors　（[　　]、[　　]）

③ Ruth or Heather　（[　　]、[　　]）

注意

由於中文裡並沒有類似 [θ] 與 [ð] 的發音，因此對於這兩個音讀者應加強練習。

單元六 [s] vs. [z]

發音要訣

[s] 和 [z] 為齒槽摩擦音,發音時舌尖碰觸上排牙齒後方牙齦處,讓氣流由間擠過,產生摩擦。二者的差異在於

- [s] 無聲(相當於中文的「ㄙ」),發音時不振動聲帶;[z] 有聲,發音時須振動聲帶
- [s] 出氣較強,摩擦聲較明顯;[z] 出氣較弱,摩擦聲較不明顯

單音示範　TRACK 68

A. [s]、[s]、[s]

B. [z]、[z]、[z]

對照示範　TRACK 69

A. [s]-[z]、[s]-[z]、[s]-[z]

B. [z]-[s]、[z]-[s]、[z]-[s]

例字比一比　TRACK 70

[s] vs. [z]

■ sap [sæp] 樹液	▶ zap [zæp] 活力
■ seal [sil] 海豹	▶ zeal [zil] 熱心
■ sink [sɪŋk] 下沉	▶ zinc [zɪŋk] 鋅
■ sip [sɪp] 一口	▶ zip [zɪp] 拉拉鍊

- Sue [su] 蘇（女子名） ▶ zoo [zu] 動物園
- bus [bʌs] 巴士 ▶ buzz [bʌz] 嗡嗡聲
- close [klos] 近 ▶ close [kloz] 關
- loose [lus] 鬆的 ▶ lose [luz] 遺失
- price [praɪs] 價錢 ▶ prize [praɪz] 獎
- rice [raɪs] 米 ▶ rise [raɪz] 上升

🔊 片語示範　(TRACK 71)

[s]	[z]
■ <u>s</u>uck i<u>ce</u>	■ a bu<u>zz</u>ing noi<u>se</u>
■ <u>s</u>kip a cla<u>ss</u>	■ no<u>s</u>y but la<u>z</u>y
■ <u>s</u>elf-<u>s</u>ervi<u>ce</u>	■ plea<u>s</u>ed to lo<u>se</u> the prize

✎ 辨音練習　(TRACK 72)

■ 片語練習：請將正確的子音填入空格中，[s] / [z]；[z] / [s]。

① a cra<u>z</u>y ra<u>ce</u>　　　　　（[　　]、[　　]）

② a ni<u>ce</u> surpri<u>se</u>　　　（[　　]、[　　]）

③ cho<u>ose</u> the clo<u>s</u>est one　（[　　]、[　　]）

■ 句子示範：請將聽到的字寫在空格中。

① We (raise / race) horses.　　　（　　　　　　）

② Please (sip / zip) it slowly.　　（　　　　　　）

③ Did you hear the (buzz / bus).　（　　　　　　）

大師提點

　　除了以上示範的 [s] 與 [z] 之一般發音之外，也請特別注意，當一個單字以 t 或 d 結尾而必須加上 s 時（包括名詞的複數及動詞的第三人稱單數等），若爲 [t] + [s] 則應唸成爆擦音 [ts]，若爲 [d] + [z] 則唸成爆擦音 [dz]。前者 [ts] 相當於中文的「ㄘ」；後者 [dz] 則類似中文的「ㄗ」，但必須振動聲帶。

比較示範　TRACK **73**

- cats [kæts] 貓（複數）
- flats [flæts]（英）公寓（複數）
- hates [hets] 恨（第三人稱單數）
- meets [mits] 碰到（第三人稱單數）
- Matt's [mæts] 麥特（男子名）的

- birds [bɜdz] 鳥（複數）
- beds [bɛdz] 床（複數）
- feeds [fidz] 餵（第三人稱單數）
- leads [lidz] 領導（第三人稱單數）
- Ted's [tɛdz] 泰德（男子名）的

單元七 [θ] vs. [s]

 發音要訣

[θ] 與 [s] 皆為無聲摩擦音，但是

- [θ] 為齒間音，而 [s] 為齒槽音
- 發 [θ] 時舌頭前端打平，肌肉放鬆；發 [s] 時舌頭前端較尖，肌肉較緊張

單音示範　　TRACK 74

A. [θ]、[θ]、[θ]

B. [s]、[s]、[s]

對照示範　　TRACK 75

A. [θ]-[s]、[θ]-[s]、[θ]-[s]

B. [s]-[θ]、[s]-[θ]、[s]-[θ]

例字比一比　　TRACK 76

[θ] vs. [s]		
■ thank [θæŋk] 感謝	▶	sank [sæŋk] 下沉（過去式）
■ thick [θɪk] 厚	▶	sick [sɪk] 生病的
■ thin [θɪn] 薄	▶	sin [sɪn] 罪惡
■ thing [θɪŋ] 事物	▶	sing [sɪŋ] 唱歌
■ think [θɪŋk] 想	▶	sink [sɪŋk] 下沉

- thong [θɔg] 丁字褲 ▸ song [sɔŋ] 歌曲
- thumb [θʌm] 拇指 ▸ sum [sʌm] 總計
- faith [feθ] 信心 ▸ face [fes] 臉
- mouth [mauθ] 嘴巴 ▸ mouse [maus] 老鼠
- path [pæθ] 小徑 ▸ pass [pæs] 通過

 辨音練習　TRACK **77**

■ 片語練習：請將正確的子音填入空格中，[θ]/[s]；[s]/[θ]。

① a loo<u>s</u>e mou<u>th</u>　　（[　　]、[　　]）

② a <u>th</u>ick <u>s</u>oup　　（[　　]、[　　]）

③ the <u>s</u>ame fai<u>th</u>　　（[　　]、[　　]）

■ 句子練習：請將聽到的字寫在空格中。

① He is (thinking / sinking) fast.　　（　　　　　）

② Don't lose your (face / faith).　　（　　　　　）

③ That's a huge (mouse / mouth).　　（　　　　　）

單元八 [ʃ] vs. [ʒ]

發音要訣

[ʃ] 與 [ʒ] 為硬顎摩擦音，發音時舌中部分隆起，碰觸硬顎，氣流由其間擠過，產生摩擦。二者的區別在於

- [ʃ] 無聲，發音時不振動聲帶；[ʒ] 有聲，發音時須振動聲帶
- [ʃ] 的出氣較強，摩擦聲較明顯；[ʒ] 的出氣較弱，摩擦聲較不明顯
- ★ 英文中包含 [ʃ] 音的字不算少；相對地，包含 [ʒ] 卻不多，而且 [ʒ] 通常不出現在字首（外來語除外）。

🔊 單音示範　TRACK 78

A. [ʃ]、[ʃ]、[ʃ]

B. [ʒ]、[ʒ]、[ʒ]

🔊 對照示範　TRACK 79

A. [ʃ]-[ʒ]、[ʃ]-[ʒ]、[ʃ]-[ʒ]

B. [ʒ]-[ʃ]、[ʒ]-[ʃ]、[ʒ]-[ʃ]

🔊 例字示範　TRACK 80

[ʃ]	[ʒ]
■ chic [ʃik] 時髦的	■ genre [ˋʒɑnrə]（法）類型
■ shop [ʃɑp] 商店	■ closure [ˋkloʒə] 關閉
■ issue [ˋɪʃu] 議題	■ television [ˋtɛləˏvɪʒən] 電視

- ash [æʃ] 灰燼
- fish [fɪʃ] 魚

- garage [ɡəˋrɑʒ] 車庫
- massage [məˋsɑʒ] 按摩

🔊 例字比一比 (TRACK 81)

[ʃ] vs. [ʒ]

- Asia [ˋeʃə] (英) 亞洲
- Aleutian [əˋluʃən] 阿留申人
- Confucian [kənˋfjuʃən] 孔子的
- dilution [dɪˋluʃən] 稀釋
- glacier [ˋɡleʃə] 冰河

▶ Asia [ˋeʒə] (美) 亞洲
▶ allusion [əˋluʒən] 暗指
▶ confusion [kənˋfjuʒən] 混亂
▶ delusion [dɪˋluʒən] 妄想
▶ glazier [ˋɡleʒə] 裝玻璃工人

🔊 片語示範 (TRACK 82)

[ʃ]

- a wa<u>sh</u>ing ma<u>ch</u>ine
- <u>sh</u>ear the <u>sh</u>eep
- <u>sh</u>are the fi<u>sh</u> on the di<u>sh</u>

[ʒ]

- ca<u>s</u>ual plea<u>s</u>ure
- u<u>s</u>ual lei<u>s</u>ure
- mea<u>s</u>ure the vi<u>s</u>ion with preci<u>s</u>ion

 辨音練習 (TRACK 83)

■ 片語練習：請將正確的子音填入空格中，[ʃ] / [ʒ]；[ʒ] / [ʃ]。

① so<u>c</u>ial presti<u>ge</u> ([ ]、[ ])
② a fa<u>sh</u>ionable gara<u>ge</u> ([ ]、[ ])
③ massa<u>ge</u> the <u>sh</u>oulders ([ ]、[ ])

單元九 [h]

發音要訣

[h] 為無聲聲門摩擦音（與中文的「ㄏ」相當），發音時氣流通過由兩片聲帶組成的聲門，產生輕微的摩擦音。[h] 之後一定跟隨母音，而由於 [h] 本身只是一股氣流，發音時並不須做其他動作，因此

- 它的嘴型常會跟隨其後的母音有所變化
- 在文句中常會因連音而省略不唸
- 有些單字中的 [h] 直接省去

比較示範

A. 試比較下列各字中 [h] 的嘴型　TRACK **84**

■ he [hi] 他　　　　　　　■ who [hu] 誰

■ hey [he] 嘿　　　　　　■ hoe [ho] 鋤頭

■ how [haʊ] 如何

B. 試比較下列句中 [h] 不省略與省略的唸法　TRACK **85**

① Did he/(h)e come?

② I like him/(h)im.

③ What's his/(h)is name?

C. 下列幾個字的 [h] 不發音　TRACK **86**

■ heir [ɛr] 繼承人　　　　■ honor [ɑnɚ] 榮耀

■ herb [ɜb] 藥草　　　　　■ hour [aʊr] 小時

■ honest [ɑnɪst] 誠實的

單元十 [tʃ] vs. [dʒ]

發音要訣

[tʃ] 和 [dʒ] 為齒槽硬顎爆擦音。所謂的爆擦音指的是由爆裂音與摩擦音所合成的音：[t] + [ʃ] = [tʃ]、[d] + [ʒ] = [dʒ]。[tʃ] 與 [dʒ] 的差異在於

- [tʃ] 無聲，發音時聲帶不振動；[dʒ] 有聲，發音時聲帶須振動
- [tʃ] 出氣較強，[dʒ] 出氣較弱

單音示範　TRACK 87

A. [tʃ]、[tʃ]、[tʃ]

B. [dʒ]、[dʒ]、[dʒ]

對照示範　TRACK 88

A. [tʃ] - [dʒ]、[tʃ] - [dʒ]、[tʃ] - [dʒ]

B. [dʒ] - [tʃ]、[dʒ] - [tʃ]、[dʒ] - [tʃ]

例字比一比　TRACK 89

[tʃ] vs. [dʒ]	
■ chain [tʃen] 鍊子	▸ Jane [dʒen] 珍（女子名）
■ cheer [tʃɪr] 歡呼	▸ jeer [dʒɪr] 嘲笑
■ choice [tʃɔɪs] 選擇	▸ Joyce [dʒɔɪs] 喬伊絲（女子名）
■ choke [tʃok] 哽住	▸ joke [dʒok]（說）笑話
■ chump [tʃʌmp] 厚肉塊	▸ jump [dʒʌmp] 跳

- ■ "H" [etʃ] 字母 "H"　　▶　　age [edʒ] 年齡
- ■ batch [bætʃ] 一批　　▶　　badge [bædʒ] 徽章
- ■ lunch [lʌntʃ] 午餐　　▶　　lunge [lʌndʒ] 前衝
- ■ rich [rɪtʃ] 富有的　　▶　　ridge [rɪdʒ] 山脊
- ■ search [sɝtʃ] 搜尋　　▶　　surge [sɝdʒ] 波濤

🔊 片語示範　(TRACK **90**)

[tʃ]	[dʒ]
■ ea<u>ch</u> bea<u>ch</u>	■ a lar<u>ge</u> oran<u>ge</u>
■ tea<u>ch</u> the <u>ch</u>ildren	■ a <u>j</u>ar of <u>j</u>am
■ <u>ch</u>ew the <u>ch</u>eap <u>ch</u>eese	■ <u>J</u>ack and <u>G</u>eorge

✎ 辨音練習　(TRACK **91**)

■ 片語練習：請將正確的子音填入空格中，[tʃ] / [dʒ]；[dʒ] / [tʃ]。

① a <u>ch</u>eap jeep　　（[　　]、[　　]）

② <u>ch</u>eck the ba<u>dge</u>　（[　　]、[　　]）

③ join the bun<u>ch</u>　　（[　　]、[　　]）

■ 句子練習：請將聽到的字寫在空格中。

① The crowd (cheered / jeered) when he spoke.　（　　　　　）

② He began to (choke / joke).　　　　　（　　　　　）

③ I didn't touch the (chin / gin).　　　　（　　　　　）

單元十一 [ʒ] vs. [dʒ]

發音要訣

[ʒ] 與 [dʒ] 皆為有聲子音，但是

- [ʒ] 為硬顎音，而 [dʒ] 為齒槽硬顎音
- [ʒ] 為摩擦音，氣流可拉長；[dʒ] 為「爆」擦音，氣流無法拉長

單音示範 TRACK 92

A. [ʒ]、[ʒ]、[ʒ]

B. [dʒ]、[dʒ]、[dʒ]

對照示範 TRACK 93

A. [ʒ] - [dʒ]、[ʒ] - [dʒ]、[ʒ] - [dʒ]

B. [dʒ] - [ʒ]、[dʒ] - [ʒ]、[dʒ] - [ʒ]

辨音練習 TRACK 94

■ 片語練習：請將正確的子音填入空格中，[ʒ] / [dʒ]；[dʒ] / [ʒ]。

① John's gara**g**e   ([   ]、[   ])

② a televi**si**on joke   ([   ]、[   ])

③ the **g**enuine plea**s**ure   ([   ]、[   ])

單元十二 vs. vs.

 發音要訣

[m]、[n] 與 [ŋ] 為英文的鼻音,三者皆有聲。所謂的鼻音指的是發聲時氣流經由鼻腔而非口腔流出的聲音。三者的不同主要在於氣流在口腔中受到阻礙的位置:

- 發 [m] 時雙唇須緊閉,故為雙唇音
- 發 [n] 時舌尖須抵住上排牙齒後方的牙齦處,是為齒槽音
- 發 [ŋ] 時舌身後部須隆起,抵住軟顎,是為軟顎音

★ 注意,英文的 [m] 相當於中文的「ㄇ」,但是要注意 [m] 會出現在字尾,記得唸的時候雙唇須緊閉;[n] 在母音前時與中文的「ㄋ」相同,但是在字尾時發音方式與中文的「ㄢ」和「ㄣ」之收尾音相同;[ŋ] 不會出現在字首,其發音方式與中文的「ㄤ」與「ㄥ」之收尾音相同。

🔊 單音示範 TRACK 95

A. [m]、[m]、[m]
B. [n]、[n]、[n]
C. [ŋ]、[ŋ]、[ŋ]

🔊 例字比一比 TRACK 96

[m] vs. [n] vs.[ŋ]

■ map [mæp] 地圖 ▶ nap [næp] 打盹

■ mice [maɪs] 老鼠（複數） ▸ nice [naɪs] 好的

■ moon [mun] 月亮 ▸ noon [nun] 中午

■ 　　　　　　　　　 lawn [lɔn] 草坪 ▸ long [lɔŋ] 長的

■ 　　　　　　　　　 sin [sɪn] 罪過 ▸ sing [sɪŋ] 唱歌

■ 　　　　　　　　　 ton [tʌn] 噸 ▸ tongue [tʌŋ] 舌頭

■ dumb [dʌm] 愚蠢的 ▸ done [dʌn] ▸ dung [dʌŋ]
　　　　　　　　　　　　 做（過去分詞） 　　（牛、馬等的）糞便

■ ram [ræm] 公羊 ▸ ran [ræn] ▸ rung [rʌŋ]
　　　　　　　　　　　 跑（過去式） 　　鈴響（過去分詞）

■ some [sʌm] 一些 ▸ sun [sʌn] 太陽 ▸ sung [sʌŋ]
　　　　　　　　　　　　　　　　　　　　唱歌（過去分詞）

單元十三 [l] vs. [r]

🎤 發音要訣

[l] 和 [r] 是英文中的流音，二者皆有聲。所謂的流音指的是在氣流部分受阻礙但其他部分仍持續流出的狀況之下，所發出的音。[l] 與 [r] 的不同在於

- [l] 為齒槽音；[r] 為齒槽硬顎音
- 發 [l] 時舌尖須抵住上齒槽（即上牙齦）後方，讓氣流由舌頭兩側通過，故 [l] 又稱為側音；發 [r] 時舌尖部分向上捲起，阻擋部分氣流，其他部分的氣流則持續流出，[r] 因而被稱為捲舌音
- ★ 在母音前 [l] 與中文的「ㄌ」同，要注意的是出現在母音後的 [l]，此時的 [l] 應該唸得較清楚，且稍長些；發 [r] 時則除了須注意捲舌之外，嘴唇必須成圓形，特別是在母音之前時。

🔊 **單音示範** (TRACK **97**)

    A. [l]、[l]、[l]

    B. [r]、[r]、[r]

🔊 **對照示範** (TRACK **98**)

    A. [l]-[r]、[l]-[r]、[l]-[r]

    B. [r]-[l]、[r]-[l]、[r]-[l]

🔊 **例字比一比** (TRACK **99**)

[l] vs. [r]

- lead [lid] 領導 ▶ read [rid] 讀
- light [laɪt] 光 ▶ right [raɪt] 對的
- long [lɔŋ] 長的 ▶ wrong [rɔŋ] 錯的
- clown [klaʊn] 小丑 ▶ crown [kraʊn] 皇冠
- fly [flaɪ] 飛 ▶ fry [fraɪ] 炸
- play [ple] 玩 ▶ pray [pre] 祈禱
- all [ɔl] 全部 ▶ or [ɔr] 或
- bill [bɪl] 帳單 ▶ beer [bɪr] 啤酒
- file [faɪl] 檔案 ▶ fire [faɪr] 火
- pull [pʊl] 拉 ▶ poor [pʊr] 貧窮的

片語示範 TRACK 100

[l]	[r]
■ fly low	■ fried rice
■ a dull tale	■ raging fire
■ a little wheel	■ a rare beer

辨音練習 TRACK 101

■ 片語練習：請將正確的子音填入空格中，[l] / [r]；[r] / [l]。

① green glasses　　([　]、[　])

② a crowned clown　([　]、[　])

③ kill a deer　　　([　]、[　])

■ 句子練習：請將聽到的字寫在空格中。

① Your answer is (wrong / long).　　(　　　)

② (Four / Fall) is the best time to go.　(　　　)

③ Can you (tell / tear) them apart?　(　　　)

單元十四 [ð] vs. [l]

發音要訣

[ð] 和 [l] 皆為有聲音，但是

- [ð] 為齒間音，發音時舌尖前端須置於上、下排牙齒之間；[l] 為齒槽音，發音時舌尖須抵住上齒槽後方
- [ð] 為摩擦音，發聲時由於氣流須由舌尖前與上齒間擠過，由此會產生摩擦；[l] 為流音，氣流由舌頭兩側流過，不產生摩擦

例字比一比 TRACK 102

[ð] vs. [l]

- thee [ði]（古）你　　　　　　▶　lea [li]（詩）草原
- their [ðɛr] 他們的　　　　　　▶　lair [lɛr] 獸穴
- they [ðe] 他們　　　　　　　　▶　lay [le] 放置
- thine [ðaɪn]（古）你的（用於母音前）　▶　line [laɪn] 線條
- thy [ðaɪ]（古）你的（用於子音前）　　▶　lie [laɪ] 躺

辨音練習 TRACK 103

- 片語練習：請將正確的子音填入空格中，[ð] / [l]；[l] / [ð]。

① this list　　　（[　]、[　]）

② their lair　　（[　]、[　]）

③ lay it there　（[　]、[　]）

單元十五 [w] vs. [j]

發音要訣

[w] 和 [j] 是英文的滑音，二者皆有聲。所謂的滑音指的是在發音器官的肌肉由緊繃突然「滑動」至放鬆的狀態之下所發出的聲音。[w] 與 [j] 的不同在於

- [w] 為雙唇音，而 [j] 為硬顎音
- 發 [w] 時嘴唇成圓形（如發母音 [u] 之嘴型），然後快速將肌肉放鬆；發 [j] 時舌頭前部提高（與母音 [i] 的位置相仿），然後快速放鬆下滑
- ★ 由於 [w] 的發音與 [u] 有點類似，而 [j] 則與 [i] 類似，因此它們常被稱為半母音。

單音示範 TRACK 104

A. [w]、[w]、[w]

B. [j]、[j]、[j]

例字示範 TRACK 105

[w]	[j]
■ wait [wet] 等待	■ yard [jɑrd] 院子
■ wear [wɛr] 穿	■ yes [jɛs] 是
■ win [wɪn] 贏	■ yield [jild] 生產
■ wolf [wuf] 狼	■ young [jʌŋ] 年輕的
■ word [wɝd] 字	■ your [jur] 你的

注意，因為 [w] 與 [j] 的發音與 [u] 和 [i] 有些類似，所以應注意之間的差異。別忘了，[w] 與 [j] 為子音，發音時氣流會受阻礙；而 [u] 和 [i] 為母音，發音時氣流不受阻。

比較示範 TRACK **106**

■ woos [wuz] 求愛（第三人稱單數） ▶ ooze [uz] 慢慢流出

■ yeast [jist] 酵母 ▶ east [ist] 東方

解答

● 單元一

片語練習：❶ [p]、[b] ❷ [b]、[p] ❸ [p]、[b]
句子練習：❶ bill ❷ rope ❸ bat

● 單元二

片語練習：❶ [d]、[t] ❷ [t]、[d] ❸ [d]、[t]
句子練習：❶ time ❷ ride ❸ seat

● 單元三

片語練習：❶ [g]、[k] ❷ [k]、[g] ❸ [g]、[k]
句子練習：❶ bag ❷ curl ❸ guards

● 單元四

片語練習：❶ [f]、[v] ❷ [f]、[v] ❸ [v]、[f]
句子練習：❶ van ❷ few ❸ leave

● 單元五

片語練習：❶ [ð]、[θ] ❷ [ð]、[θ] ❸ [θ]、[ð]

● 單元六

片語練習：❶ [z]、[s] ❷ [s]、[z] ❸ [z]、[s]
句子練習：❶ race ❷ zip ❸ buzz

● 單元七

片語練習：❶ [s]、[θ] ❷ [θ]、[s] ❸ [s]、[θ]
句子練習：❶ sinking ❷ faith ❸ mouth

●單元八

片語練習：❶ [ʃ]、[ʒ]　❷ [ʃ]、[ʒ]　❸ [ʒ]、[ʃ]

●單元十

片語練習：❶ [tʃ]、[dʒ]　❷ [tʃ]、[dʒ]　❸ [dʒ]、[tʃ]
句子練習：❶ jeered　❷ choke　❸ gin

●單元十一

片語練習：❶ [dʒ]、[ʒ]　❷ [ʒ]、[dʒ]　❸ [dʒ]、[ʒ]

●單元十三

片語練習：❶ [r]、[l]　❷ [r]、[l]　❸ [l]、[r]
句子練習：❶ wrong　❷ Fall　❸ tear

●單元十四

片語練習：❶ [ð]、[l]　❷ [ð]、[l]　❸ [l]、[ð]

第 **4** 章

英文的子音與拼字

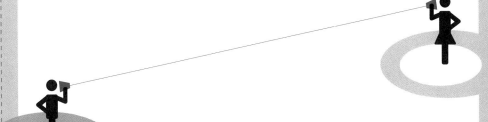

相較於英文母音與拼字間的關係，英文子音與拼字間的關係明顯較規律，但是有時還是會出現特殊的情況。請看以下分析整理。

常見拼法

p		
■ pack [pæk] 打包	■ people [ˈpipl̩] 人們	■ hope [hop] 希望
■ pit [pɪt] 坑	■ proper [ˈprɑpɚ] 適當的	■ keep [kip] 保持
■ pool [pul] 池子	■ cheap [tʃip] 便宜的	■ stop [stɑp] 停止
■ paper [ˈpepɚ] 紙		

pp		
■ apple [ˈæpl̩] 蘋果	■ ripple [ˈrɪpl̩] 漣漪	■ supper [ˈsʌpɚ] 晚飯
■ happy [ˈhæpi] 快樂的	■ shopping [ˈʃɑpɪŋ] 購物	■ topple [ˈtɑpl̩] 倒塌
■ pepper [ˈpɛpɚ] 胡椒		

p 不發音	
■ corps [kɔr] 軍團	■ psychology [saɪˈkɑlədʒi] 心理學
■ cupboard [ˈkʌbɚd] 碗櫥	■ raspberry [ˈræzˌbɛri] 覆盆子
■ pneumonia [njuˈmonjə] 肺炎	■ receipt [rɪˈsit] 收據

常見拼法

b

- able [ˈebl̩] 能夠
- beat [bit] 打
- black [blæk] 黑色
- boat [bot] 船
- job [dʒɑb] 工作
- labor [ˈlebɚ] 勞力
- mob [mɑb] 暴民
- problem [ˈprɑbləm] 問題
- tab [tæb] 標籤
- web [wɛb] 網狀物

bb

- bubble [ˈbʌbl̩] 氣泡
- chubby [ˈtʃʌbi] 圓圓胖胖的
- hobby [ˈhɑbi] 嗜好
- pebble [ˈpɛbl̩] 鵝卵石
- rabbit [ˈræbɪt] 兔子
- rubber [ˈrʌbɚ] 橡膠
- stubborn [ˈstʌbɚn] 頑固的

b 不發音

- bomb [bɑm] 炸彈
- climb [klaɪm] 爬
- comb [kom] 梳子
- debt [dɛt] 債務
- doubt [daʊt] 懷疑
- subtle [ˈsʌtl̩] 微妙的

[t]

🕒 常見拼法

t

- take [tek] 拿
- tea [ti] 茶
- tooth [tuθ] 牙齒
- city [ˈsɪti] 城市
- later [ˈletɚ] 稍後
- get [gɛt] 得到
- meat [mit] 肉
- taste [test] 嚐
- rotary [ˈrotərɪ] 旋轉的
- write [raɪt] 寫

tt		
■ attend [ə`tɛnd] 參加	■ matter [`mætə] 事務	■ settle [`sɛtl] 使安定
■ bottle [`bɑtl] 瓶子	■ rotten [`rɑtn̩] 腐爛的	■ tattoo [tæ`tu] 刺青
■ letter [`lɛtə] 信		

◐ 其他拼法

ed	
■ brushed [brʌʃt] 刷（過去式）	■ looked [lʊkt] 看（過去式）
■ danced [dænst] 跳舞（過去式）	■ stopped [stɑpt] 停（過去式）
■ laughed [læft] 笑（過去式）	■ watched [wɑtʃt] 注視（過去式）

◐ 特殊拼法

th	
■ Anthony [`æntəni] 安東尼（男子名）	■ Thames [tɛmz] 泰晤士河
■ Beethoven [`betovən] 貝多芬	■ Thomas [`tɑməs] 湯瑪斯（男子名）
■ Thailand [`taɪlənd] 泰國	

t 不發音	
■ ballet [bæ`le] 芭蕾舞	■ listen [`lɪsn̩] 聽
■ castle [`kæsl̩] 城堡	■ mortgage [`mɔrgɪdʒ] 抵押
■ Christmas [`krɪsməs] 聖誕節	■ often [`ɔfən] 經常

[d]

◐ 常見拼法

d

- day [de] 日子
- dig [dɪg] 挖
- door [dɔr] 門
- freedom [ˈfridəm] 自由
- gender [ˈdʒɛndə] 性別

- study [ˈstʌdɪ] 讀書
- head [hɛd] 頭
- made [med] 做（過去式）
- need [nid] 需要
- read [rid] 讀

dd

- add [æd] 加
- address [əˈdrɛs] 地址
- ladder [ˈlædə] 梯子

- middle [ˈmɪdl̩] 中間
- muddy [ˈmʌdi] 泥濘的

- riddle [ˈrɪdl̩] 謎語
- sudden [ˈsʌdn̩] 突然的

🕐 其他拼法

ed

- closed [klozd] 關（過去式）
- filled [fɪld] 裝滿（過去式）
- judged [dʒʌdʒd] 評判（過去式）

- lived [lɪvd] 生活（過去式）
- opened [ˈopənd] 打開（過去式）
- played [pled] 玩（過去式）

d 不發音

- handsome [ˈhænsəm] 英俊的
- handkerchief [ˈhæŋkətʃɪf] 手帕

- Wednesday [ˈwɛnzde] 星期三

🕐 常見拼法

k

- key [ki] 鑰匙
- kind [kaɪnd] 仁慈的
- kill [kɪl] 殺死
- bakery [ˈbekərɪ] 麵包店
- monkey [ˈmʌŋki] 猴子
- parking [ˈpɑrkɪŋ] 泊車
- ask [æsk] 問
- cake [kek] 蛋糕
- milk [mɪlk] 牛奶
- talk [tɔk] 講話

c

- car [kɑr] 汽車
- cloud [klaʊd] 雲
- cute [kjut] 可愛的
- chocolate [ˈtʃɑkəlɪt] 巧克力
- direct [dəˈrɛkt] 直接的
- picture [ˈpɪktʃə] 照片
- electric [ɪˈlɛktrɪk] 電的
- fabric [ˈfæbrɪk] 布料
- picnic [ˈpɪknɪk] 野餐

ck

- attack [əˈtæk] 攻擊
- back [bæk] 背部
- deck [dɛk] 甲板
- neck [nɛk] 脖子
- snack [snæk] 點心
- cricket [ˈkrɪkɪt] 蟋蟀
- hacker [ˈhækə] 駭客
- packet [ˈpækɪt] 小包

cc

- accord [əˈkɔrd] 一致
- account [əˈkaʊnt] 帳戶
- accuse [əˈkjuz] 指控
- occasion [əˈkeʒən] 場合
- occult [əˈkʌlt] 奧秘的
- occupy [ˈɑkjəˌpaɪ] 佔據
- soccer [ˈsɑkə] 足球

🕒 其他拼法

ch

- chemistry [ˈkɛmɪstri] 化學
- echo [ˈɛko] 回音

- headache [ˈhɛdˌek] 頭痛
- mechanic [məˈkænɪk] 技師
- school [skul] 學校
- stomach [ˈstʌmək] 胃

q

- equal [ˈikwəl] 相等的
- Iraq [ɪˈrɑk] 伊拉克
- liquid [ˈlɪkwɪd] 液體
- quick [kwɪk] 快速的
- question [ˈkwɛstʃən] 疑問
- square [skwɛr] 正方形

※ 注意，q 之後的 u 唸成 [w]。

x

- box [bɑks] 盒子
- exercise [ˈɛksəˌsaɪz] 運動
- expect [ɪkˈspɛkt] 期待
- mix [mɪks] 混合
- next [nɛkst] 緊接著的
- taxi [ˈtæksi] 計程車

※ 注意，x 唸成 [ks]。

◎ 特殊拼法

kh

- khaki [ˈkɑki] 卡其色
- khan [kɑn] 可汗
- Khmer [kmɛr] 高棉人

qu

- conquer [ˈkɑŋkə] 征服
- liquor [ˈlɪkə] 烈酒
- mosquito [məˈskito] 蚊子

que

- mosque [mɑsk] 清眞寺
- plaque [plæk] 飾板
- unique [juˈnik] 獨一無二的

cq

- acquaint [ə`kwent] 與……相識
- acquire [ə`kwaɪr] 獲得

※ 注意，cq 之後的 u 唸 [w]。

cqu

- lacquer [`lækə] 漆器

k 不發音

- knee [ni] 膝蓋
- knight [naɪt] 騎士
- know [no] 知道
- knife [naɪf] 刀子
- knock [nɑk] 敲
- knuckle [`nʌkl] 指關節
- knit [nɪt] 編織

常見拼法

g

- glass [glæs] 玻璃
- begin [bɪ`gɪn] 開始
- dog [dɔg] 狗
- girl [gɜl] 女孩
- eagle [`igl] 老鷹
- fog [fɑg] 霧
- gold [gold] 黃金
- regard [rɪ`gɑrd] 視為
- tag [tæg] 標籤

gg

- beggar [`bɛgə] 乞丐
- leggings [`lɛgɪŋz] 貼腿褲
- egg [ɛg] 蛋
- struggle [`strʌgl] 掙扎
- haggle [`hægl] 討價還價
- wriggle [`rɪgl] 蠕動
- jagged [`dʒægɪd] 呈鋸齒狀的

◯ 其他拼法

gu

- disguise [dɪsˋɡaɪz] 偽裝
- guard [ɡɑrd] 警衛
- guess [ɡɛs] 猜
- guest [ɡɛst] 客人
- guide [ɡaɪd] 嚮導
- guitar [ɡɪˋtɑr] 吉他

gue

- colleague [ˋkɑlig] 同事
- dialogue [ˋdaɪəˌlɔg] 對話
- league [lig] 聯盟
- monologue [ˋmɑnəˌlɔg] 獨白
- plague [pleg] 瘟疫
- prologue [ˋproˌlɔg] 序言

gh

- Afghan [ˋæfgæn] 阿富汗人
- aghast [əˋgæst] 嚇呆的
- ghetto [ˋgɛto] 貧民區
- ghost [gost] 鬼
- Pittsburgh [ˋpɪtsˌbɝg] 匹茲堡
- spaghetti [spəˋgɛti] 義大利麵

◯ 特殊拼法

x

- exact [ɪgˋzækt] 準確的
- executive [ɪgˋzɛkjutɪv] 主管
- exhaust [ɪgˋzɔst] 耗盡
- exist [ɪgˋzɪst] 存在

※ 注意，此處的 x 唸成 [gz]。

g 不發音

- benign [bɪˋnaɪn] 良性的
- champagne [ʃæmˋpen] 香檳
- design [dɪˋzaɪn] 設計
- diaphragm [ˋdaɪəˌfræm] 橫隔膜
- foreign [ˋfɔrɪn] 外國的
- gnaw [nɔ] 啃
- malign [məˋlaɪn] 中傷
- phlegm [flɛm] 痰
- sign [saɪn] 標誌

[f]

⏱ 常見拼法

f
■ fat [fæt] 胖　　■ before [bɪˋfɔr] ……之前　　■ roof [ruf] 屋頂
■ food [fud] 食物　　■ prefer [prɪˋfɝ] 較喜歡　　■ safe [sef] 安全的
■ fresh [frɛʃ] 新鮮　　■ life [laɪf] 生命　　■ self [sɛlf] 自己
■ afraid [əˋfred] 害怕

ff
■ coffee [ˋkɔfi] 咖啡　　■ muffin [ˋmʌfɪn] 瑪芬蛋糕
■ cuff [kʌf] 袖口　　■ off [ɔf] 離開
■ different [ˋdɪfərənt] 不同的　　■ stuff [stʌf] 東西
■ effect [ɪˋfɛkt] 效果　　■ suffer [ˋsʌfɚ] 受苦

⏱ 其他拼法

ph
■ elephant [ˋɛləfənt] 大象　　■ photo [ˋfoto] 照片
■ hyphen [ˋhaɪfən] 連字號　　■ physics [ˋfɪzɪks] 物理學
■ nephew [ˋnɛfju] 甥、姪　　■ telephone [ˋtɛləˌfon] 電話

⏱ 特殊拼法

gh
■ cough [kɔf] 咳嗽　　■ laugh [læf] 笑　　■ rough [rʌf] 粗糙的
■ enough [ɪˋnʌf] 足夠的

[V]

🕐 常見拼法

v

- van [væn] 廂型車
- very [ˈvɛri] 很
- vest [vɛst] 背心
- visit [ˈvɪzɪt] 拜訪
- even [ˈivən] 甚至
- heaven [ˈhɛvən] 天堂
- never [ˈnɛvə] 絕不
- over [ˈovə] 結束
- river [ˈrɪvə] 河
- seven [ˈsɛvən] 七

ve

- brave [brev] 勇敢
- drive [draɪv] 開車
- give [gɪv] 給
- have [hæv] 有
- leaves [livz] 樹葉（複數）
- movement [ˈmuvmənt] 移動
- serve [sɝv] 服務
- thieves [θivz] 小偷（複數）
- wave [wev] 波浪

🕐 特殊拼法

f

- of [əv] ……的

ph

- Stephen [ˈstivən] 史蒂芬（男子名）

[θ]

⏱ 常見拼法

th

- thank [θæŋk] 感謝
- theft [θɛft] 竊盜
- think [θɪŋk] 想
- through [θru] 穿過
- Thursday [ˈθɜzde] 星期四
- author [ˈɔθɚ] 作者
- healthy [ˈhɛlθi] 健康的
- nothing [ˈnʌθɪŋ] 什麼也沒有
- wealthy [ˈwɛlθi] 富有的
- bath [bæθ] 洗澡（名詞）

- breath [brɛθ] 呼吸（名詞）
- cloth [klɔθ] 布
- month [mʌnθ] 月
- mouth [mauθ] 嘴巴
- path [pæθ] 小徑
- sheath [ʃiθ] 鞘
- teeth [tiθ] 牙齒（複數）
- truth [truθ] 真相
- worth [wɜθ] 價值
- wreath [riθ] 花圈

[ð]

⏱ 常見拼法

th

- that [ðæt] 那個
- their [ðɛr] 他們的
- then [ðɛn] 那時
- there [ðɛr] 那裡
- these [ðiz] 這些
- this [ðɪs] 這個
- those [ðoz] 那些
- though [ðo] 雖然

- brother [ˈbrʌðɚ] 兄弟
- clothing [ˈkloðɪŋ] 衣服（總稱）
- feather [ˈfɛðɚ] 羽毛
- northern [ˈnɔrðɚn] 北方的
- southern [ˈsʌðɚn] 南方的
- weather [ˈwɛðɚ] 天氣
- whether [ˈhwɛðɚ] 是否
- mouth [mauð] （不出聲）用嘴型說
- smooth [smuð] 平滑的

the

- bathe [beð] 洗澡（動詞）
- breathe [brið] 呼吸（動詞）
- clothe [kloð] 為……提供衣物
- lathe [leð] 車床
- lithe [laɪð] 柔軟的

- sheathe [ʃið] 插入鞘內
- teethe [tið] 長牙齒
- wreathe [rið] 做成花環
- writhe [raɪð]（因痛苦）扭動身體

※ 請注意以下幾個複數型字的發音

• cloths [klɔθs] 布　　• clothes [klo(ð)z] 衣服　　• mouths [mauðz] 嘴巴

[S]

🕐 常見拼法

s

- say [se] 說
- send [sɛnd] 遞送
- sick [sɪk] 生病的
- stop [stɑp] 停止
- beside [bɪˋsaɪd] 在……旁邊

- just [dʒʌst] 剛好
- mistake [mɪˋstek] 錯誤
- respect [rɪˋspɛkt] 尊敬
- bus [bʌs] 巴士
- dangerous [ˋdendʒərəs] 危險的

ss

- address [əˋdrɛs] 地址
- boss [bɔs] 老闆
- class [klæs] 班級
- grass [græs] 草

- loss [lɔs] 損失
- stress [strɛs] 壓力
- toss [tɔs] 扔

- lesson [ˋlɛsn̩] 課
- possible [ˋpɑsəbl̩] 可能的

se

- close [klos] 近
- false [fɔls] 錯誤的
- horse [hɔrs] 馬
- house [haʊs] 房屋
- purpose [ˋpɝpəs] 目的
- promise [ˋpramɪs] 承諾
- sense [sɛns] 感官
- tense [tɛns] 緊張的
- use [jus] 使用（名詞）
- worse [wɝs] 更糟的

ce

- advice [ədˋvaɪs] 忠告
- device [dɪˋvaɪs] 裝置
- face [fes] 臉
- justice [ˋdʒʌstɪs] 正義
- nice [naɪs] 好的
- office [ˋɔfɪs] 辦公室
- peace [pis] 和平
- police [pəˋlis] 警方
- rice [raɪs] 米
- twice [twaɪs] 兩倍

🕐 其他拼法

c

- ceiling [ˋsilɪŋ] 天花板
- cent [sɛnt] 一分錢
- city [ˋsɪti] 城市
- cynical [ˋsɪnɪkl̩] 憤世嫉俗的
- decease [dɪˋsis] 死亡
- decision [dɪˋsɪʒən] 決定
- pencil [ˋpɛnsl̩] 鉛筆
- recycle [riˋsaɪkl̩] 回收再利用

※ 注意，字母 c 只在 e、i、y 之前才唸 [s]

sc

- scene [sin] 場景
- scent [sɛnt] 氣味
- science [ˋsaɪəns] 科學
- scissors [ˋsɪzəz] 剪刀
- scythe [saɪð] 長柄大鐮刀
- corpuscle [ˋkɔrpʌsl̩] 血球
- muscle [ˋmʌsl̩] 肌肉

cc

- accent [ˈæksɛnt] 口音
- accept [əkˈsɛpt] 接受
- access [ˈæksɛs] 使用權

- accident [ˈæksɪdənt] 意外事故
- occidental [ˌɑksɪˈdɛt̩l] 西方的
- success [səkˈsɛs] 成功

※ 注意，以上各字中的 cc 唸成 [ks]。

xc

- exceed [ɪkˈsid] 超過
- excellent [ˈɛksələnt] 超群的
- except [ɪkˈsɛpt] 除了……之外

- excise [ɪkˈsaɪz] 切除
- exciting [ɪkˈsaɪtɪŋ] 令人興奮的

※ 注意，以上各字中的 xc 唸成 [ks]。

◎ 特殊拼法

sch

- schism [ˈsɪzm̩] 分裂

s 不發音

- aisle [aɪl] 走道
- corps [kɔr] 軍團
- island [ˈaɪlənd] 島嶼

※ 注意，corps 中的 p 與 s 皆不發音。

[Z]

◎ 常見拼法

z

- zeal [zil] 熱心
- zero [ˈzɪro] 零
- zipper [ˈzɪpɚ] 拉鍊

- zone [zon] 地區
- zoo [zu] 動物園

- cozy [ˈkozi] 舒適的
- lazy [ˈlezi] 懶惰的

- razor [ˈrezɚ] 刮鬍刀
- wizard [ˈwɪzəd] 男巫

zz

- buzz [bʌz] 嗡嗡聲
- dazzle [ˈdæzl̩] 使目眩
- dizzy [ˈdɪzi] 頭暈眼花的
- embezzle [ˈɪmbɛzl̩] 侵占公款
- fuzzy [ˈfʌzi] 模糊的

- jazz [dʒæz] 爵士樂
- nozzle [ˈnɑzl̩] 管嘴
- puzzle [ˈpʌzl̩] 使困惑
- sizzle [ˈsɪzl̩]（油炸時）發出滋滋聲

※ 注意，pizza「比薩」應唸 [ˈpitsə]，而 [ts] 相當於中文的「ㄘ」。

ze

- breeze [briz] 微風
- civilize [ˈsɪvl̩ˌaɪz] 使文明
- freeze [friz] 冷凍
- gaze [gez] 注視
- paralyze [ˈpærəˌlaɪz] 使癱瘓

- prize [praɪz] 獎
- realize [ˈriəˌlaɪz] 領悟
- size [saɪz] 大小
- sneeze [sniz] 打噴嚏

s

- busy [ˈbɪzi] 忙碌的
- cousin [ˈkʌzn̩] 表／堂兄、弟、姊、妹
- easy [ˈizi] 容易的
- has [hæz] 有（第三人稱單數）
- husband [ˈhʌzbənd] 丈夫

- is [ɪz] 是（第三人稱單數）
- music [ˈmjuzɪk] 音樂
- present [prɪˈzɛnt] 提出
- reason [ˈrizn̩] 理由

se

- advise [əd`vaɪz] 提供諮詢
- because [bɪ`kɔz] 因為
- close [kloz] 關閉
- devise [dɪ`vaɪz] 想出
- disease [dɪ`ziz] 疾病

- lose [luz] 遺失
- noise [`nɔɪz] 噪音
- surprise [sə`praɪz] 使感意外
- use [juz] 使用（動詞）

※ 注意，house [haʊs] 的複數 houses 應唸 [`haʊzɪz]。

🕐 特殊拼法

ss

- dessert [dɪ`zɜt] 飯後甜點
- scissors [`sɪzəz] 剪刀

- possess [pə`zɛs] 擁有

x

- examination [ɪɡ‚zæmə`neʃən] 考試
- exempt [ɪɡ`zɛmpt] 免除

- exert [ɪɡ`zɜt] 運用
- exhibit [ɪɡ`zɪbɪt] 展出

※ 以上各字中的 x 唸 [ɡz]。

x

- Xerox [`zɪrɑks]（全錄）影印

- xylophone [`zaɪlə‚fon] 木琴

es

- does [dʌz] 做（第三人稱單數）

[ʃ]

⏱ 常見拼法

sh

- sharp [ʃɑrp] 銳利的
- shell [ʃɛl] 殼
- shop [ʃɑp] 商店
- shut [ʃʌt] 關上
- cash [kæʃ] 現金
- dish [dɪʃ] 盤子
- fish [fɪʃ] 魚
- push [puʃ] 推
- rush [rʌʃ] 倉促行動
- wash [wɑʃ] 洗

ti

- action [ˋækʃən] 行動
- education [ˌɛdʒuˋkeʃən] 教育
- information [ˌɪnfəˋmeʃən] 資訊
- initial [ɪˋnɪʃəl] 最初的
- nation [ˋneʃən] 國家
- mention [ˋmɛnʃən] 提及
- patient [ˋpeʃənt] 有耐性的
- station [ˋsteʃən] 車站
- vacation [veˋkeʃən] 假期
- vocation [voˋkeʃən] 職業

ci

- ancient [ˋenʃənt] 古老的
- delicious [dɪˋlɪʃəs] 美味的
- efficient [ɪˋfɪʃənt] 效率高的
- musician [mjuˋzɪʃən] 音樂家
- official [əˋfɪʃəl] 官方的
- precious [ˋprɛʃəs] 珍貴的
- social [ˋsoʃəl] 社會的
- special [ˋspɛʃəl] 特別的
- specious [ˋspiʃəs] 似是而非的
- sufficient [səˋfɪʃənt] 充足的

ssi

- admission [ədˋmɪʃən] 承認
- depression [dɪˋprɛʃən] 沮喪
- discussion [ˋdɪskʌʃən] 討論
- fission [ˋfɪʃən] 分裂

- impression [ɪmˋprɛʃən] 印象
- permission [pəˋmɪʃən] 允許
- profession [prəˋfɛʃən] 專門職業

- recession [rɪˋsɛʃən] 不景氣
- session [ˋsɛʃən] 會期

🕐 其他拼法

si

- compulsion [kəmˋpʌlʃən] 強制
- dimension [dəˋmɛnʃən] 維（長、寬、高）
- extension [ɪkˋstɛnʃən] 延伸

- mansion [ˋmænʃən] 豪宅
- pension [ˋpɛnʃən] 退休金
- tension [ˋtɛnʃən] 緊張

ch

- chandelier [ˏʃændlˋɪr] 水晶吊燈
- charades [ʃəˋredz] 比手劃腳（猜字）
- chef [ʃɛf] 主廚

- chic [ʃik] 時髦的
- machine [məˋʃin] 機器
- Michelle [mɪˋʃɛl] 蜜雪兒（女子名）

🕐 特殊拼法

s

- insure [ɪnˋʃur] 保險

- sugar [ˋʃugə] 糖

ss

- issue [ˋɪʃu] 議題
- pressure [ˋprɛʃə] 壓力

- tissue [ˋtɪʃu]（細胞的）組織

sci

- conscience [ˋkɑnʃəns] 良知

- luscious [ˋlʌʃəs] 香甜的

che

■ moustache [ˋmʌstæʃ] 八字鬍　　■ panache [pəˋnæʃ] 派頭

ce

■ ocean [ˋoʃən] 海洋

x

■ luxury [ˋlʌkʃəri] 奢華

※ x 唸 [kʃ]。

xi

■ anxious [ˋæŋkʃəs] 焦慮的

※ xi 唸 [kʃ]。

[ʒ]

🕐 常見拼法

s

■ casual [ˋkæʒuəl] 休閒的　　■ treasure [ˋtrɛʒ] 寶藏
■ leisure [ˋliʒ] 閒暇　　■ usual [ˋjuʒuəl] 通常的
■ measure [ˋmɛʒ] 測量　　■ usurious [juˋʒurɪəs] 高利貸的
■ pleasure [ˋplɛʒ] 愉快　　■ visual [ˋvɪʒuəl] 視覺的

si

■ amnesia [æmˋniʒ] 失憶症　　■ decision [dɪˋsɪʒən] 決定
■ confusion [kənˋfjuʒən] 混亂　　■ euthanasia [juθəˋneʒ] 安樂死

- fusion [ˋfjuʒən] 融合
- illusion [ɪˋluʒən] 幻覺
- inclusion [ɪnˋkluʒən] 包含
- television [ˋtɛləˏvɪʒən] 電視

🕐 其他拼法

ge

- beige [beʒ] 淺褐色
- camouflage [ˋkæməˏflɑʒ] 迷彩（服）
- garage [gəˋrɑʒ] 車庫
- massage [məˋsɑʒ] 按摩
- mirage [mɪˋrɑʒ] 海市蜃樓
- rouge [ruʒ] 胭脂

🕐 特殊拼法

z

- azure [ˋæʒə] 天藍色
- seizure [ˋsiʒə] 扣押（物）

zi

- brazier [ˋbreʒə] 火盆

g

- genre [ˋʒɑnrə] 類型

x

- luxuriant [lʌgˋʒurɪənt] 茂盛的
- luxurious [lʌgˋʒurɪəs] 奢華的

[h]

🕐 常見拼法

h
■ hand [hænd] 手　　　　■ hyper [ˋhaɪpə] 亢奮的
■ heat [hit] 熱　　　　■ behind [bɪˋhaɪnd] 在……後面
■ hill [hɪl] 山丘　　　　■ enhance [ɪnˋhæns] 增強
■ hoof [huf] 蹄　　　　■ forehead [ˋfɔrˌhɛd] 前額
■ hurt [hɝt] 傷害　　　　■ Sahara [səˋhɛrə] 撒哈拉沙漠

🕐 特殊拼法

wh
■ who [hu] 誰　　■ whom [hum] 誰（受格）　　■ whose [huz] 誰的
■ whole [hol] 全部的　　■ whore [hɔr] 妓女

h 不發音
■ heir [ɛr] 繼承人　　　　■ shepherd [ˋʃɛpəd] 牧羊人
■ honest [ˋɑnɪst] 誠實的　　　　■ vehicle [ˋviɪkl] 車輛
■ exhort [ɪgˋzɔrt] 規勸　　　　■ ah [ɑ] 啊
■ John [dʒɑn] 約翰（男子名）　　　　■ oh [o] 噢
■ rhythm [ˋrɪðəm] 節奏

[tʃ]

🕐 常見拼法

ch

- beach [bitʃ] 海灘
- chair [tʃɛr] 椅子
- cheap [tʃip] 便宜的
- child [tʃaɪld] 小孩
- choice [tʃɔɪs] 選擇
- chuck [tʃʌk] 扔出

- church [tʃɝtʃ] 教堂
- lunch [lʌntʃ] 午餐
- march [mɑrtʃ] 行進
- peach [pitʃ] 桃子
- researcher [rɪ`sɝtʃɚ] 研究人員
- teacher [ˋtitʃɚ] 老師

tch

- ditch [dɪtʃ] 溝渠
- fetch [fɛtʃ] 取來
- match [mætʃ] 火柴
- snatch [snætʃ] 奪取

- watch [wɑtʃ] 手錶
- witch [wɪtʃ] 女巫
- butcher [ˋbutʃɚ] 屠夫

- catcher [ˋkætʃɚ] 捕手
- kitchen [ˋkɪtʃɪn] 廚房
- pitcher [ˋpɪtʃɚ] 投手

🕑 其他拼法

t

- actual [ˋæktʃuəl] 實際的
- century [ˋsɛntʃəri] 世紀
- fortune [ˋfɔrtʃən] 幸運
- future [ˋfjutʃɚ] 未來

- mixture [ˋmɪkstʃɚ] 混合物
- nature [ˋnetʃɚ] 大自然
- picture [ˋpɪktʃɚ] 照片
- texture [ˋtɛkstʃɚ] 質感

※ 注意，以上單字中的 t 皆出現在 u 之前。

🕑 特殊拼法

ti

- congestion [kən`dʒɛstʃən] 擁塞
- digestion [daɪ`dʒɛstʃən] 消化

- question [ˋkwɛstʃən] 疑問
- suggestion [sə(g)`dʒɛstʃən] 建議

※ 注意，以上單字中的 ti 皆出現在 s 之後。

c	
■ cello [ˈtʃɛlo] 大提琴	■ concerto [kənˈtʃɛrto] 協奏曲

te	
■ righteous [ˈraɪtʃəs] 正義的	

che	
■ niche [nɪtʃ] 利基（市場空間）	

[dʒ]

🕐 常見拼法

j	
■ jam [dʒæm] 果醬	■ June [dʒun] 六月
■ jeans [dʒinz] 牛仔褲	■ enjoy [ɪnˈdʒɔɪ] 享受
■ Jim [dʒɪm] 吉姆（男子名）	■ injure [ˈɪndʒə] 使受傷
■ joke [dʒok] 笑話	■ major [ˈmedʒə] 主要的
■ jump [dʒʌmp] 跳	■ object [əbˈdʒɛkt] 反對

g	
■ agent [ˈedʒənt] 代理人	■ gym [dʒɪm] 體育館
■ biology [baɪˈɑlədʒi] 生物學	■ imagine [ɪˈmædʒɪn] 想像
■ danger [ˈdendʒə] 危險	■ origin [ˈɔrɪdʒɪn] 起源
■ engine [ˈɛndʒɪn] 引擎	■ passenger [ˈpæsn̩dʒə] 乘客
■ gene [dʒin] 基因	■ stranger [ˈstrendʒə] 陌生人
	■ tangerine [ˌtændʒəˈrin] 橘子

※ 注意，字母 g 只在 e、i、y 之前時唸 [dʒ]。

ge

- age [edʒ] 年齡
- change [tʃendʒ] 改變
- college [ˋkɑlɪdʒ] 大專院校
- George [ˋdʒɔrdʒ] 喬治
- large [lɑrdʒ] 大的
- language [ˋlæŋgwɪdʒ] 語言
- orange [ˋɔrɪndʒ] 柳橙
- passage [ˋpæsɪdʒ] 通道
- arrangement [əˋrendʒmənt] 安排
- management [ˋmænɪdʒmənt] 管理

dge

- badge [bædʒ] 徽章
- bridge [brɪdʒ] 橋
- edge [ɛdʒ] 邊緣
- fudge [fʌdʒ] 乳脂軟糖
- judge [dʒʌdʒ] 法官
- knowledge [ˋnɑlɪdʒ] 知識
- lodge [lɑdʒ] 鄉間小屋
- porridge [ˋpɔrɪdʒ] 麥片粥
- ridge [rɪdʒ] 山脊

🕐 其他拼法

d

- educate [ˋɛdʒʊˏket] 教育
- gradual [ˋgrædʒʊəl] 逐漸的
- graduate [ˋgrædʒʊˏet] 畢業
- individual [ˏɪndəˋvɪdʒʊəl] 個別的
- procedure [prəˋsidʒə] 程序
- schedule [ˋskɛdʒʊəl] 日程表

※ 注意，以上單字中的 d 都出現在 u 之前。

dj

- adjacent [əˋdʒesn̩t] 鄰接的
- adjective [ˋædʒɪktɪv] 形容詞
- adjoin [əˋdʒɔɪn] 毗連
- adjourn [əˋdʒɜn] 休會
- adjunct [ˋædʒʌŋkt] 附屬物
- adjust [əˋdʒʌst] 調整

🕐 特殊拼法

dg
■ judgment [ˋdʒʌdʒmənt] 判斷

gg
■ exaggerate [ɪgˋzædʒəˏret] 誇大

🕐 常見拼法

m	
■ May [me] 五月	■ temper [ˋtɛmpə] 脾氣
■ meet [mit] 遇見	■ tomorrow [təˋmoro] 明天
■ middle [ˋmɪdl̩] 中間	■ aim [em] 瞄準
■ mood [mud] 心情	■ home [hom] 家
■ mud [mʌd] 泥巴	■ palm [pɑm] 手掌
■ image [ˋɪmɪdʒ] 形象	■ swim [swɪm] 游泳
■ remember [rɪˋmɛmbə] 記得	■ time [taɪm] 時間
■ small [smɔl] 小的	

mm	
■ ammonia [əˋmonjə] 阿摩尼亞	■ mammal [ˋmæml̩] 哺乳動物
■ common [ˋkɑmən] 普通的	■ recommend [ˏrɛkəˋmɛnd] 推薦
■ Emma [ˋɛmə] 艾瑪（女子名）	■ stammer [ˋstæmə] 口吃
■ grammar [ˋgræmə] 文法	■ summer [ˋsʌmə] 夏天
■ hammer [ˋhæmə] 鎚子	■ Tommy [ˋtɑmi] 湯米（男子名）
■ Jimmy [ˋdʒɪmi] 吉米（男子名）	■ yummy [ˋjʌmi] 好吃的

m 不發音

- mnemonic [ni`mɑnɪk] 幫助記憶的

[n]

常見拼法

n

- name [nem] 名字
- net [nɛt] 網子
- nine [naɪn] 九
- none [nʌn] 一個也沒有
- numb [nʌm] 麻痺的
- Canada [`kænədə] 加拿大
- demand [dɪ`mænd] 要求
- intend [ɪn`tɛnd] 企圖

- many [`mɛni] 很多的
- tenant [`tɛnənt] 房客
- can [kæn] 罐頭
- gun [gʌn] 槍
- queen [kwin] 女王
- train [tren] 訓練
- yawn [jɔn] 打呵欠

nn

- Ann [æn] 安（女子名）
- beginning [bɪ`gɪnɪŋ] 開始
- dinner [`dɪnə] 晚餐
- funny [`fʌni] 好笑的
- inner [`ɪnə] 內部的

- nanny [`næni] 褓母
- penny [`pɛni] 便士
- runner [`rʌnə] 跑步者
- sunny [`sʌni] 陽光充足的
- winner [`wɪnə] 勝利者

n 不發音

- autumn [`ɔtəm] 秋天
- column [`kɑləm] 圓柱

- condemn [kən`dɛm] 譴責

- damn [dæm] 詛咒
- hymn [hɪm] 聖歌

[ŋ]

常見拼法

ng

- bang [bæŋ] 撞擊
- fang [fæŋ] 毒牙
- gang [gæŋ] 幫派
- hang [hæŋ] 掛
- long [lɔŋ] 長的
- ring [rɪŋ] 鳴響
- sing [sɪŋ] 唱歌
- spring [sprɪŋ] 春天
- strong [strɔŋ] 強壯的
- young [jʌŋ] 年輕的

n(g)

- anger [ˋæŋgɚ] 憤怒
- English [ˋɪŋglɪʃ] 英文
- finger [ˋfɪŋgɚ] 手指
- hunger [ˋhʌŋgɚ] 飢餓
- linguistics [lɪŋˋgwɪstɪks] 語言學
- mango [ˋmæŋgo] 芒果
- single [ˋsɪŋgl̩] 單身的
- tango [ˋtæŋgo] 探戈

n(k)

- bank [bæŋk] 銀行
- donkey [ˋdɑŋki] 驢子
- drink [drɪŋk] 喝
- Frank [fræŋk] 法蘭克（男子名）
- link [lɪŋk] 連結
- monkey [ˋmʌŋki] 猴子
- trunk [ˋtrʌŋk] 行李箱
- uncle [ˋʌŋkl̩] 叔、伯、舅／姑、姨丈

特殊拼法

ngue

- tongue [tʌŋ] 舌頭

※ 注意下列兩組字中 ng 的唸法

1. hanger [ˋhæŋɚ] 衣架、ringer [ˋrɪŋɚ] 鈴聲裝置、singer [ˋsɪŋɚ] 歌手
2. longer [ˋlɔŋgɚ] 更長、stronger [ˋstrɔŋgɚ] 更強壯、younger [ˋjʌŋgɚ] 更年輕

[l]

🕐 常見拼法

l

- land [lænd] 土地
- let [lɛt] 讓
- line [laɪn] 線
- low [lo] 低的
- lung [lʌŋ] 肺

- alone [əˋlon] 單獨的
- club [klʌb] 俱樂部
- flight [flaɪt] 飛行
- gold [gold] 金
- silver [ˋsɪlvɚ] 銀

- fail [fel] 失敗
- girl [gɝl] 女孩
- real [ril] 眞實的
- sale [sel] 販賣
- tale [tel] 故事

ll

- all [ɔl] 全部的
- cell [sɛl] 細胞
- dull [dʌl] 乏味的
- pill [pɪl] 藥丸

- spell [spɛl] 拼字
- alley [ˋæli] 小巷
- follow [ˋfɑlo] 跟隨

- hello [həˋlo] 哈囉
- mellow [ˋmɛlo] 甜熟的
- yellow [ˋjɛlo] 黃色

▮不發音

- alms [ɑmz] 施捨
- calf [kæf] 小牛
- could [kʊd] 能夠（過去式）
- half [hæf] 一半
- chalk [tʃɔk] 粉筆
- folk [fok] 人們

- palm [pɑm] 手掌
- salmon [ˋsæmən] 鮭魚
- should [ʃʊd] 應該
- talk [tɔk] 說話
- walk [wɔk] 走路
- would [wʊd] 會（過去式）

[r]

🕐 常見拼法

r	
■ rate [ret] 比率	■ strike [straɪk] 打
■ red [rɛd] 紅色	■ various [ˋvɛrɪəs] 各式各樣的
■ rip [rɪp] 扯裂	■ ear [ɪr] 耳朵
■ route [rut] 路線	■ hire [haɪr] 雇用
■ rust [rʌst] 銹	■ mare [mɛr] 母馬
■ cradle [ˋkredl̩] 搖籃	■ tour [tʊr] 觀光旅行
■ history [ˋhɪst(ə)ri] 歷史	■ year [jɪr] 年
■ proud [praʊd] 驕傲的	

rr		
■ arrive [əˋraɪv] 抵達	■ marry [ˋmæri] 結婚	■ sorrow [ˋsoro] 悲傷
■ carrot [ˋkærət] 胡蘿蔔	■ narrow [ˋnæro] 窄的	■ sorry [ˋsɔri] 抱歉的
■ ferry [ˋfɛri] 渡船	■ parrot [ˋpærət] 鸚鵡	■ terrible [ˋtɛrəbl̩] 可怕的

🕐 特殊拼法

rrh
■ catarrh [kəˋtɑr] （鼻）黏膜炎

[w]

🕐 常見拼法

w

- wage [wedʒ] 工資
- want [wɑnt] 要
- weak [wik] 虛弱的
- weird [wɪrd] 古怪的
- wing [wɪŋ] 翅膀
- wind [waɪnd] 上發條
- word [wɝd] 字
- wound [wund] 傷口

- always [ˋɔlwez] 總是
- between [bɪˋtwin] 在……之間
- dwell [dwɛl] 居住
- forward [ˋfɔrwəd] 向前
- sweet [swit] 甜的
- sweat [swɛt] 流汗
- twist [twɪst] 扭曲

wh

- whale [wel] 鯨魚
- what [wɑt] 什麼
- wheat [wit] 小麥
- wheel [wil] 輪子
- when [wɛn] 何時
- where [wɛr] 哪裡

- whether [ˋwɛðə] 是否
- which [wɪtʃ] 哪一個
- while [waɪl] 當……的時候
- whisper [ˋwɪspə] 耳語
- white [waɪt] 白色
- why [waɪ] 為什麼

※ 注意，以上各字中的 wh 亦可唸成 [hw]。

⏰ 其他拼法

u

- language [ˋlæŋgwɪdʒ] 語言
- linguist [ˋlɪŋgwɪst] 語言學家
- persuade [pəˋswed] 說服
- question [ˋkwɛstʃən] 疑問
- quiet [ˋkwaɪət] 寂靜的

- quite [kwaɪt] 相當
- square [skwɛr] 正方形
- squeeze [skwiz] 擠
- suede [swed] 麂皮
- suite [swit] 套房

※ 注意，以上單字中的 u 出現在 g、q、s 之後。

📀 特殊拼法

o

- choir [kwaɪr] 唱詩班
- once [wʌns] 一次
- one [wʌn] 一

ou

- ouija [ˋwidʒə] 碟仙

ju

- marijuana [ˌmærəˋwɑnə] 大麻

w 不發音

- answer [ˋænsə] 回答
- sword [sɔrd] 劍
- who [hu] 誰
- whole [hol] 全部的
- whore [hɔr] 妓女
- whose [huz] 誰的
- wrestle [ˋrɛsl̩] 摔跤
- wrist [rɪst] 手腕
- write [raɪt] 寫
- wrong [rɔŋ] 錯誤的

[j]

📀 常見拼法

y

- yam [jæm] 蕃薯
- yard [jɑrd] 碼
- yell [jɛl] 叫嚷
- yen [jɛn] 日圓
- yoghurt [ˋjogət] 優格
- yoga [ˋjogə] 瑜珈
- yolk [jok] 蛋黃
- beyond [bɪˋjɑnd] 超出……的範圍
- lawyer [ˋlɔjə] 律師
- Maya [ˋmɑjə] 馬雅人

i

- alien [ˋeljən] 外國人
- brilliant [ˋbrɪljənt] 卓越的
- convenient [kənˋvinjənt] 便利的
- familiar [fəˋmɪljə] 熟悉的
- junior [ˋdʒunjə] 較年幼的

- million [ˋmɪljən] 百萬
- onion [ˋʌnjən] 洋蔥
- opinion [əˋpɪnjən] 意見
- peculiar [pəˋkjuljə] 怪異的
- union [ˋjunjən] 聯合

🕐 特殊拼法

j

- hallelujah [ˌhæləˋlujə] 哈利路亞

ll

- tortilla [tɔrˋtijɑ] 墨西哥玉米薄餅

u

- failure [ˋfeljə] 失敗

- figure [ˋfɪg(j)ə] 數字

另外，請注意

① 以下單字中的 u 唸成 [ju]：

- unit [ˋjunɪt] 單位
- university [ˌjunəˋvɜsəti] 大學
- used [just] 習慣於
- utensil [juˋtɛnsl] 用具
- utility [juˋtɪləti]（水、電等）公共設施
- abuse [əˋbjuz] 濫用
- huge [hjudʒ] 龐大的
- muse [mjuz] 沉思

- puke [pjuk] 吐
- refute [rɪˋfjut] 駁斥
- computer [kəmˋpjutə] 電腦
- human [ˋhjumən] 人類
- humid [ˋhjumɪd] 潮濕的
- musician [mjuˋzɪʃən] 音樂家
- putrid [ˋpjutrɪd] 腐臭的

② 以下單字中的 ue 唸 [ju]：

- argue [ˈɑrgju] 爭論
- cue [kju] 提示
- continue [kənˈtɪnju] 繼續

- rescue [ˈrɛskju] 援救
- value [ˈvælju] 價值

③ 以下各單字中的重音節（包括單音節）部分的母音唸 [ju]：

- deuce [djus]（網球等之）平分
- feudal [ˈfjudl̩] 封建（制度）的
- beautiful [ˈbjutəfəl] 美麗的
- queue [kju] 行列

- few [fju] 很少的
- view [vju] 視野
- ewe [ju] 母羊

④ 以下各單字中的重音節（包括單音節）部分的母音唸 [ju] 或 [u]：

- consume [kənˈs(j)um] 消耗
- duke [d(j)uk] 公爵
- nuclear [ˈn(j)uklɪə] 核能的
- nude [n(j)ud] 裸體的
- due [d(j)u] 到期的

- Tuesday [ˈt(j)uzde] 星期二
- new [n(j)u] 新的
- sewer [ˈs(j)uə] 下水道
- coupon [ˈk(j)upɑn] 折價券

⑤ 以下單字中的 u 唸 [jʊ]：

- bureau [ˈbjʊro] 局、處
- cure [kjʊr] 治癒
- curious [ˈkjʊrɪəs] 好奇的
- demure [dɪˈmjʊr] 嫻靜的

- manicure [ˈmænɪˌkjʊr] 修指甲
- mural [ˈmjʊrəl] 壁畫
- pure [pjʊr] 純潔的
- secure [sɪˈkjʊr] 安全的

⑥ 以下單字中的 u 唸 [jʊ] 或 [ʊ]：

- allure [əˈl(j)ʊr] 魅力
- during [ˈd(j)ʊrɪŋ] 在……期間

- endure [ɪnˈd(j)ʊr] 忍耐
- lure [l(j)ʊr] 引誘

⑦ 以下單字中非重音節的 u 唸 [jə]：

- ambulance [ˈæmbjələns] 救護車
- emulate [ˈɛmjəˌlet] 仿效
- fabulous [ˈfæbjələs] 極好的

- particular [pəˈtɪkjələ] 特別的
- popular [ˈpɑpjələ] 流行的
- ridiculous [rɪˈdɪkjələs] 荒謬的

第5章

英文的音節
與重音

一、英文的音節

英文的單字至少包含一個母音，而一個母音則構成一個音節。例如，hot [hɑt] 這個字雖然由三個音（phones）所組成，但是因為這三個音當中只有 [ɑ] 為母音，所以這個字只有一個音節。又如，satisfaction [ˌsætɪsˈfækʃən] 中包含了四個母音：[æ]、[ɪ]、[æ]、[ə]，因此這個字一共有四個音節。再如，oversimplification [ˌovəˌsɪmpləfəˈkeʃən]「過度簡單化」這個字裡一共有七個母音，所以就有七個音節。（事實上，一般常用的單字超過六個音節的並不多。）

的確，一個音節原則上由一個母音加上零個至數個子音構成，但是有時一個音節並不包括母音，這是因為該音節內有「構成音節的子音」。常見的能夠構成音節的子音為 [l]、[n] 和 [m]。例如：people [ˈpipl̩]、little [ˈlɪtl̩]、button [ˈbʌtn̩]、season [ˈsizn̩]、rhythm [ˈrɪðm̩]「節奏」、sarcasm [ˈsɑrkæsm̩]「諷刺」。需要特別注意的是，當這幾個子音構成音節的時候必須在其下方加上 “.” 這個區別符號：[l̩]、[n̩]、[m̩]。而事實上所謂的「構成音節的子音」是將該音節原有的 schwa [ə] 省略而來，例如，people 原本應唸成 [ˈpipəl]、season 原本應唸成 [ˈsizən]、rhythm 原本應唸成 [ˈrɪðəm]。

🔊 構成音節的子音練習 〔TRACK **107**〕

- bubble [ˈbʌbl̩] 氣泡
- google [ˈgugl̩] 谷歌
- handle [ˈhændl̩] 把手
- Michael [ˈmaɪkl̩] 麥可（男子名）
- cotton [ˈkɑtn̩] 棉花
- garden [ˈgɑrdn̩] 花園
- important [ɪmˈpɔrtn̩t] 重要的
- sudden [ˈsʌdn̩] 突然的

（注意，[n̩] 之前的 [t] 與 [d] 無須眞正唸出，做出嘴型即可。）

■ freedom [ˈfridm̩] 自由　　　　　　■ organism [ˈɔrgənˌɪzm̩] 有機體

另外，也請注意以下幾個表否定之助動詞的唸法：

■ didn't [ˈdɪdn̩t]　　　　　　　　■ hadn't [ˈhædn̩t]

■ couldn't [ˈkʊdn̩t]　　　　　　　■ wouldn't [ˈwʊdn̩t]

■ shouldn't [ˈʃʊdn̩t]

二、英文的重音

　　每一個英文字都有重音，包括單音節的字（須輕讀的幾個功能詞如 a、the 等除外。）一般而言，一個字的重音在音標中都必須標示出來。例如，little [ˈlɪtl̩] 這個字的重音就在第一個音節，而 addition [əˈdɪʃən] 這個字的重音就在第二音節。但是，如果一個字只有一個音節，比如 go [go]，就無須標示重音了，有時一個字會有兩個重音，例如 concentrate [ˈkɑnsn̩ˌtret] 這個字的第一個音節 [kɑn] 即為主重音節，第三個音節 [tret] 則為次重音節。當然，字越長、音節越多，需要的重音也就越多。在語音學裡有時會提到第三重音，不過在一般字典中只提供主重音和兩個（有時更多）次重音（例如前面提到的 oversimplification [ˌovəˌsɪmpləfəˈkeʃən]）。這一點是合理的，因為，第一、第三重音與次重音的差異較細微，不若主重音與次重音之差異大；第二、一般用字不致太長、音節不致太多，主重音加上次重音已足堪使用；第三、在實用上只要掌握住主重音，其他重音皆為次要，甚至不重要。

　　所謂的重音節從發音的角度來看，指的就是一個單字中需要重讀、音調需要提高的音節。以下我們就來練習掌握英文單字中重音節的唸法。首先我們將做單音節字與雙音節字之重音比較；其次我們將做雙音節字的重音節與非重音節之比較；最後我們將練習多音節字中的重音唸法。

🔊 重音練習

A. 單音節字與雙音節字之重音比較 (TRACK 108)

■ go [go] 走　　　　　　　▶　　ago [əˋgo] 之前

■ side [saɪd] 邊　　　　　　▶　　beside [bɪˋsaɪd] 在……旁邊

■ fine [faɪn] 好的　　　　　▶　　confine [kənˋfaɪn] 限制

■ like [laɪk] 喜歡　　　　　▶　　dislike [dɪsˋlaɪk] 討厭

■ large [lɑrdʒ] 大的　　　　▶　　enlarge [ɪnˋlɑrge] 放大

B. 雙音節之重音節與非重音節之比較 (TRACK 109)

■ contract [ˋkɑntrækt] 契約　　▶　　contract [kənˋtrækt] 收縮

■ digest [ˋdaɪdʒɛst] 摘要　　　▶　　digest [daɪˋdʒɛst] 消化

■ import [ˋɪmpɔrt] 輸入品　　　▶　　import [ɪmˋpɔrt] 進口

■ present [ˋprɛzn̩t] 禮物　　　▶　　present [prɪˋzɛnt] 提出

■ record [ˋrɛkə] 唱片　　　　　▶　　record [rɪˋkɔrd] 記錄

（注意，上列單字左側者為名詞，右側者為動詞）

C. 多音節字之重音 (TRACK 110)

a. 三音節字

■ chaotic [keˋɑtɪk] 混亂的

■ interfere [͵ɪntəˋfɪr] 干擾

■ interview [ˋɪntə͵vju] 面談

■ misfortune [mɪsˋfɔrtʃən] 不幸

■ refugee [͵rɛfjʊˋdʒi] 難民

b. 四音節字

■ eligible [ˋɛlɪdʒəbl̩] 合格的

- generation [ˌdʒɛnəˈreʃən] 世代
- manufacture [ˌmænjəˈfæktʃə] 製造
- preferential [ˌprɛfəˈrɛnʃəl] 優先的
- thermometer [θəˈmɑmətə] 溫度計

c. 五音節字

- archaeology [ˌɑrkiˈɑlədʒi] 考古學
- disciplinary [ˈdɪsəplɪnˌɛri] 懲處的
- examination [ɪgˌzæməˈneʃən] 考試
- operational [ˌɑpəˈreʃənl̩] 操作的
- tuberculosis [tjuˌbɜkjəˈlosɪs] 肺結核

d. 六音節字

- discontinuity [ˌdɪskɑntəˈnjuəti] 中斷
- intercollegiate [ˌɪntəkəˈlidʒɪɪt] 大學間的
- osteoporosis [ˌɑstɪopəˈrosɪs] 骨質疏鬆症
- responsibility [rɪˌspɑnsəˈbɪləti] 責任
- theoretically [ˌθiəˈrɛtɪkl̩i] 理論上

 **聽力訓練** TRACK 111

■ 主重音節練習：請將聽到的主重音標示出來。

① analysis　　　[ə n æ l ə s ɪ s]
② comparable　　[k ɑ m p ə r ə b l̩]
③ escapee　　　[ɪ s k e p i]
④ invoice　　　[ɪ n v ɔ ɪ s]
⑤ lemonade　　[l ɛ m ə n e d]

⑥ leukemia   [l u k i m ɪ ə]

⑦ oceanic   [o ʃ ɪ æ n ɪ k]

⑧ paranoid   [p æ r ə n ɔ ɪ d]

⑨ relative   [r ɛ l ə t ɪ v]

⑩ schizophrenic [s k ɪ t s ə f r ɛ n ɪ k]

 解答

● 主重音練習

❶ [ə`næləsɪs]

❷ [`kɑmpərəbl̩]

❸ [ɪske`pi]

❹ [`ɪnvɔɪs]

❺ [lɛmə`ned]

❻ [lu`kimɪə]

❼ [oʃɪ`ænɪk]

❽ [`pærənɔɪd]

❾ [`rɛlətɪv]

❿ [skɪtsə`frɛnɪk]

第**6**章

連音、弱讀、省略音及變音

在前面幾章裡我們所學習的基本上都以單音和單字的個別發音為主，在本章及下一章中我們將跨越單字的界線來看當字與字放在一起時（即在片語或句子中）會產生的一些與發音有關的現象。在本章中我們要討論的是連音、弱讀、省略音及變音等四種狀況。

一、連音（Liaison）

所謂的**連音**指的是片語或句子中某一個字的字尾子音與後一個字的字首母音以一般拼音方式連在一起唸的狀況。以 I like it. 這個句子來說，母語人士通常會把它說成 [aɪˋlaɪkɪt]；換句話說，這句話聽起來就像一個字一樣。若讀者拿這個句子的唸法與 unhappy [ʌnˋhæpi] 這個字的發音做個比較，就可以體會出這種感覺。以下我們來做連音練習。

🔊 **連音練習**：請聽 CD 並模仿母語人士的連音示範。　TRACK **112**

▪ Come　on!

▪ Stop　it!

▪ Thanks　a lot.

（注意，Thank you. 中的 [k] 與 [j] 也須連音，因為如前所述，[j] 為類似母音 [i] 的半母音。）

▪ Is　it true?

▪ Where　is John?

▪ How do you spell　it?

■ 連音練習：請將以下句子中連音的部分標示出來。

① This   is   good.

② I   didn't   mean   it.

③ My   name   is   Tom.

④ I   won't   give   up.

⑤ Where   did   she   hear   it?

⑥ He's   trying   to   finish   it.

二、弱讀（Sound Reduction）

　　所謂的弱讀指的是一個字的某個音被弱化的現象，而這種語音的弱化現象可能發生在母音也可能發生在子音。**若被弱讀的為母音，則通常會變成中性母音 [ə]；若被弱讀的為子音，則通常只做出嘴型而不須真正發音。**事實上，弱讀的現象在單字、片語或句子中都會出現。就母音部分而言，一個母音會被弱化不外因一、該母音在字中未接受重音，二、該母音之所以弱讀不外是為了讓發音較為流暢。

🔊 **弱讀練習**：請聽 **CD** 並模仿母語人士的弱讀示範。　(TRACK **114**)

A. 母音

- polite
- terrible
- Send them in.
- often
- You and me.
- You can do it.

（注意，表否定的 can't [kænt] 不可弱讀。）

B. 子音

- picture
- September
- Pick one.
- admit
- Good luck!
- I don't like it.

 **聽力練習**　(TRACK **115**)

■ 弱讀練習

A. 母音：請將聽到的弱讀母音標示出來。

① appear

② imitate

③ remedy

④ this and that

⑤ I need to go.

⑥ You should have done that.

B. 子音：請將聽到的弱讀子音標示出來。

① ignore

② partner

③ October

④ Stop that!

⑤ Get lost!

⑥ Grab some food.

三、省略音（Elision）

　　為了讓發音更為流暢，有些時候會把某些音省略。**省略音有三種情況：相同子音的省略、[t]、[d] 的省略，以及母音或音節的省略。**相同子音的省略指的是當前後兩字相接的子音相同時將前一字字尾子音省略的情況。而若前一字字尾為 t 或 d，而下一字以其他子音開頭時，母語人士常把這樣的 [t]、[d] 直接省略不唸。（注意，此時亦可選擇將 [t]、[d] 弱讀。）至於母音甚至整個音節的省略更是突顯了母語人士為了發音的流暢而抄捷徑的現象。

🔊 **省略音練習**：請聽 CD 並模仿母語人士的省略音示範。

A. 相同子音的省略　(TRACK 116)

- so(me) money
- te(n) nights
- Ta(ke) care.
- Sto(p) pushing.
- Don'(t) touch that.
- You mu(st) stay.

（注意，最後一例同時省略了兩個子音 [s] 與 [t]。）

相似子音的省略

- a goo(d) time
- the(se) students
- Si(t) down.
- Than(k) God.
- I can'(t) do it.
- You're suppose(ed) to come.

B. [t]、[d] 的省略　(TRACK 117)

　　[t] 與 [d] 為齒槽閉鎖音，若出現在其他子音前可弱讀，但為了讓發音更為流暢，許多母語人士會直接省略。例如：

- rock an(d) roll
- Goo(d) morning.
- Le(t) me go.
- Goo(d)-bye
- Look a(t) that.
- I don'(t) know.

另外請注意，母語人士在說到 give me 時，常會將 [v] 這個音省略，變成「ˈgɪmi」。例如：

- Gi(ve) me five.
- Gi(ve) me a call.
- Gi(ve) me a break.

C. 母音或音節的省略　　TRACK 118

常見的母音或音節省略的例子為：

- How 'bout some coffee?　　　▶　(a)bout
- I didn't go 'cause I didn't want to.　　▶　(be)cause

（注意，第二例中的 'cause 甚至可弱讀成 [kəz]。）

事實上，母音或音節的省略也會出現在單字裡，例如：

- hist(o)ry ([ˈhɪst(ə)ri])
- probably ([ˈprɑ(bə)bli])

四、變音（Sound Change）

　　一般的變音指的是一個音受鄰近音的影響，經由所謂的同化作用，而變成另一個音的現象。與省略音相同，變音的目的也是為了讓發音較容易、順暢。以下是幾個因同化而產生的變音例子。

🎤 變音範例

1. [v] + [t] → [ft]
2. [t] + [ə / ʌ] → [də / dʌ]
3. [n] + [m / b / p] → [(m)m / mb / mp]
4. [t] + [j] → [tʃ]
5. [d] + [j] → [dʒ]

🔊 **變音練習（A）：** 請聽 CD 並模仿母語人士的變音示範。 (TRACK **119**)

- have to [ˈhæftə]
- get up [ˈgɛˋdʌp]
- sun bath [ˈsʌmˌbæθ]
- Don't you ...? [donˋtʃu]
- Can't you ...? [kænˋtʃu]
- Would you ...? [wʊˋdʒu]

- point of view [ˈpɔɪndəˋvju]
- iron man [ˈaɪə(m)ˌmæn]
- Green Peace [ˈgrimˋpis]
- Won't you ...? [wonˋtʃu]
- Did you ...? [dɪˋdʒu]
- Could you ...? [kʊˋdʒu]

　　另外還有一種變音現象變化較大，甚至有人會直接使用能立即反應變音結果的拼寫法來表示。常見的有 wanna、gotta 及 gonna。wanna 由 want to 變化而來；gotta 由 got to 變化而來；gonna 則由 going to 變化而來。以下我們就來練習這幾個有趣的變化音。

🔊 **變音練習（B）**：請聽 CD 並模仿母語人士的變音示範。 (TRACK **120**)

- ■ want to [ˈwɑnə]　　　▶　I don't wanna go.
- ■ got to [ˈgɑDə]　　　▶　You've gotta come.
- ■ going to [ˈgɑnə]　　　▶　He's gonna leave.

注意，第二例 [ˈgɑDə] 中的 [D] 為所謂的「彈舌音」。事實上彈舌音也出現在單字裡，用來取代 [t] 或 [d] 音。使用彈舌音的條件是：其前須為接受重音的母音，其後則為非重音之母音。發彈舌音時記得舌尖應快速輕拍上排牙齒後方的牙齦處。以下為彈舌音練習。

(TRACK **121**)

🔊 **彈舌音練習**（單字）：請聽 CD 並模仿母語人士的彈舌音示範。

- ■ bitter　　　　　▶　bidder [ˈbɪDɚ] 苦的／投標人
- ■ latter　　　　　▶　ladder [ˈlæDɚ] 後者／梯子
- ■ matter　　　　　▶　madder [ˈmæDɚ] 事情／更生氣
- ■ writer　　　　　▶　rider [ˈraɪDɚ] 作家／騎士
- ■ shutter　　　　　▶　shudder [ˈʃʌDɚ] 百葉窗／打顫

(TRACK **122**)

🔊 **彈舌音練習**（片語、句子）：請聽 CD 並模仿母語人士的彈舌音示範。

- ■ what if [ˈhwɑDɪf]
- ■ right away [ˈraDɚˈwe]
- ■ Forget it. [fɚˈgɛDɪt]
- ■ I need it. [aɪˈniDɪt]
- ■ We made it. [wiˈmeDɪt]

最後我們要討論的是一種相當特殊的變音現象，那就是當兩個母音

碰在一起時，有時為了讓不同母音的過渡較為順暢會在其間加上一個滑音（[w] 或 [j]）。接下來我們就來練習母音間的過渡。

🔊 **變音練習（C）：請聽 CD 並模仿母語人士的變音示範。** `TRACK 123`

- ◼ blow out [ˈbloˋwaʊt]
- ◼ Go on. [ˈgoˋwɑn]
- ◼ the audience [ðiˋjɔdɪəns]
- ◼ You see it? [juˋsijɪt]

 **解答**

● 連音練習

❶ This is good.

❷ I didn't mean it.

❸ My name is Tom.

❹ I won't give up.

❺ Where did she hear it?

❻ He's trying to finish it.

● 弱讀練習

A. 母音

❶ appear

❷ imitate

❸ remedy

❹ this and that

❺ I need to go.

❻ You should have done that.

B. 子音

❶ ignore

❷ partner

❸ October

❹ Stop that!

❺ Get lost!

❻ Grab some food.

第 **7** 章

英文的節奏
與語調

多數國人在唸／說英文的時候，通常都只按照字典所提供的音標一個字一個字地唸／說，縱使每一個單字的音標都弄對了，但是講出來的英文卻總感覺不是那麼「對味」。這是因為沒有掌握到英文的節奏與語調的關係。在本章中我們就將針對這兩個問題，作深入的探討。

一、英文的節奏

英文這個語言是有節奏的，而英文之所以具有節奏性主要是因為英文的句子有所謂的句重音。句重音與我們在第五章中所討論的字重音不同，所謂的句重音是以句子為單位，有些字唸重，有些字唸輕，使一個句子聽起來有高低起伏。當一個字接受重音時就要唸得清楚，也就是，聲調較高、速度較慢；反之，如果一個字沒有重音，那就必須輕讀而且要快速帶過。有了這樣「輕、重、緩、急」的差別，英文的句子自然就呈現出一定的節奏。

那麼，究竟哪些字需要唸重，哪些字必須輕讀呢？一般而言，表達出實質語意內涵的名詞、動詞、形容詞及副詞都為重音字，而主要功能為「起承轉合」的連接詞、介系詞、代名詞、冠詞以及只具輔助功能的助動詞等則不需重音。以 The man and his wife are taking a walk in the park. 這個句子來說，重音字為 man、wife、take、walk 和 park：

TRACK **124**

The man and his wife are taking a walk in the park.

注意，如果我們把每一個重音算成一拍的話，那這句話只有五拍，雖然它一共有十二個字。記得，在說或唸的時候，重點應擺在加了重音的字上，沒有重音的字應快速帶過。接下來就請讀者做英文節奏的練習。

🔊 **節奏練習 ❶**：請用三拍來唸下列的每一個句子。 TRACK **125**

Mén lóve wómen.

The mén lóve wómen.

The mén lóve the wómen.

The mén will lóve the wómen.

The mén would have lóved the wómen.

🔊 **節奏練習 ❷**：請用三拍來唸下列的每一個句子。 TRACK **126**

Cáts eát físh.

Your cáts eát físh.

Your cáts eát my físh.

Your cáts will eát my físh.

Your cáts will be eáting my físh.

 聽力練習　 TRACK **127**

■ 節奏練習：請將聽到的句重音標示出來。

① He said he did not want to go to the party with her.

② The big boy hit the little kid with a long stick.

③ You don't really need to come if you don't feel like it.

④ We're happy to know that you're getting married next month.

⑤ Have you ever heard about the "Gang of Four" in China?

⑥ Would you please stand over here so I can see you more clearly?

二、英文的語調

　　英文有兩種主要的語調：上升—下降語調和上升語調。簡單地說，一般的平述句、命令句、感嘆句以及 WH 問句（即由疑問詞 what、who、which、where、when、why 和 how 引導的疑問句）用的是上升—下降語調，而 Yes-No 問句（即以助動詞或 be 動詞起頭的疑問句）則必須使用上升語調。例如，

My father is a teacher.

What does he teach?

這兩個句子用的是上升—下降語調：

My father is a teacher.　　　　　(TRACK **128**)

What does he teach?

而

Does he teach English?

這個句子就必須使用上升語調：

Does he teach English?　　　　　(TRACK **128**)

一個有趣但是非常重要的問題是：語調該在何處上升／下降？以上面舉的三個例子來看，語調上升／下降之處是在句尾最後一個字的地方。但是，其他句子是否亦為如此？其實答案是否定的。

在前一節裡，我們提到英文的節奏與句重音有關，而事實上句重音也會影響英文的語調。原則上，**語調上升／下降的地方應該是句子「最後一個需要重讀的字」**，而非最後一個字。例如，

When did the teacher talk to you?

這個句子的最後一個句重音為 talk，因此語調應該在 talk（而不是 you）之處上升，然後下降：

When did the teacher talk to you?　　　　　TRACK **128**

但是，在

Professor Smith talked to me this morning.

這個句子中，最後一個句重音為 morning，所以語調應該在此處上升、下降：

Professor Smith talked to me this morning.　　TRACK **128**

又，在

Did you enjoy it?

這個句子中最後（也是唯一）的句重音是 enjoy 這個字，因此語調應該在這裡往上升：

Did you enjoy it? ⟨TRACK **128**⟩

以上我們討論的是英文的基本語調，在實際使用英文時常會有一些「特殊」狀況，而當這些狀況出現時，原來的「標準」語調可能就會遭受到破壞。須採用特殊語調的情況包括：❶ 要強調句中某個／些字時；❷ 句中包含直接稱呼某人時；❸ 句中有舉例項目時；❹ 句中提供選擇項目時；❺ 句中出現對照、對比時；❻ 附加問句。分別舉例如下。

❶ 強調句中某個／些字時　⟨TRACK **129**⟩

a. The teacher talked to me this morning.（強調 talked）

b. The teacher talked to me this morning.（強調 me）

c. The teacher talked to me this morning.（強調 this）

❷ 句中包含直接稱呼某人時　⟨TRACK **130**⟩

a. George, would you please open the window?

b. You'd better study harder, Michael.

❸ 句中有舉列項目時 (TRACK **131**)

a. She bought milk, butter, cheese and bacon.

b. I like apples, oranges, bananas and grapes.

❹ 句中提供選擇項目時 (TRACK **132**)

a. Do you want tea or coffee?（二擇一）

但是注意

b. Would you like some tea or coffee?（Yes-No 問句）

❺ 句中出現對比、對照時 (TRACK **133**)

a. Peter runs faster than I do.

b. He chose the blue one, not the red one.

❻ 附加問句 (TRACK **134**)

a. You like chicken, don't you?（問話者不確定答案）

b. You like chicken, don't you?（問話者認為應該是喜歡）

現在請讀者練習英文的各種語調。

🔊 **語調練習**：請聽 CD 並模仿母語人士的語調示範。 TRACK **135**

A. 基本語調

■ They put up a huge sign in front of the building.（平述句）

■ Bob's wife is always ordering him around.（平述句）

■ What are those people looking at?（WH 問句）

■ What a beautiful girl she is!（感嘆句）

（※ 注意，感嘆句句尾之 be 動詞須重讀。）

■ Are you really going to marry him?（Yes-No 問句）

■ Do you think he is able to deal with it?（Yes-No 問句）

B. 特殊語調

■ I love Japanese food so much.（強調 so）

■ What do you know about cooking?（強調 you）

■ Frank, can you ask David to come to my office?（直呼 Frank）

■ How're you doing, Gary?（直呼 Gary）

■ They are Peter, Paul and Mary.（例舉人名）

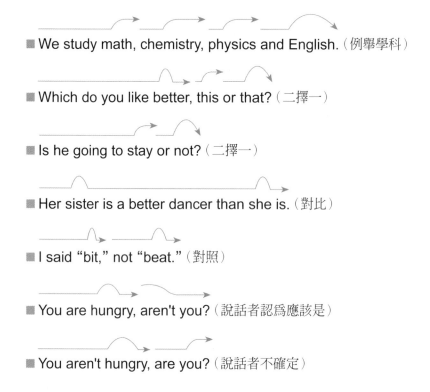

■ We study math, chemistry, physics and English.（例舉學科）

■ Which do you like better, this or that?（二擇一）

■ Is he going to stay or not?（二擇一）

■ Her sister is a better dancer than she is.（對比）

■ I said "bit," not "beat."（對照）

■ You are hungry, aren't you?（說話者認爲應該是）

■ You aren't hungry, are you?（說話者不確定）

 聽力練習　　（ TRACK **136** ）

A. 基本語調：請將正確的語調標示出來。

① Will the plane take off on time?

② What do you say if we leave right now?

③ I always go to bed at about eleven.

④ Don't you ever come near my house again!

⑤ Didn't he say he would come with you?

⑥ How much did you pay for the shoes you're wearing?

B. 特殊語調：請將聽到的語調標示出來。

① He hasn't arrived yet, has he?

② Are you John, James, or Jason?

③ His new book is not as good as the old one.

④ Did you eat at a cafeteria or at a restaurant?

⑤ Judy, this is my best friend Timothy.

⑥ There are lots and lots of fish in this pond.

 解答

●節奏練習

❶ He sáid he did nót want to gó to the párty with hér.

❷ The bíg bóy hít the líttle kíd with a lóng stíck.

❸ You dón't réally néed to cóme if you dón't féel líke it.

❹ We're háppy to knów that you're gétting márried néxt mónth.

❺ Have you éver héard about the "Gáng of Fóur" in Chína?

❻ Would you pléase stánd óver hére so I can sée you móre cléarly?

●語調練習

A. 基本語調

❶ Will the plane take off on time?

❷ What do you say if we leave right now?

❸ I always go to bed at about eleven.

❹ Don't you ever come near my house again!

❺ Didn't he say he would come with you?

❻ How much did you pay for the shoes you're wearing?

B. 特殊語調

❶ He hasn't arrived yet, has he?

❷ Are you John, James, or Jason?

❸ His new book is not as good as the old one.

❹ Did you eat at a cafeteria or at a restaurant?

❺ Judy, this is my best friend Timothy.

❻ There are lots and lots of fish in this pond.

發音辨正

🔊 楔子

　　所有學英語的人都希望能把它說得很純正、很道地，沒有人願意學不標準的發音，但是事實上很多人的發音不標準。除了學習者個人的一些因素之外，英語教師應該為這個事實負最大的責任，尤其是擔任「啟蒙」工作的老師。許多人認為雙語教育或全英語教學是學習英語的最佳途徑，的確，「讓孩子自然而然習慣兩種語言」當然很好，但是不論採用何種方式，學習者都有可能「遇人不淑」。

　　初學者一旦學了錯誤的發音，可能一輩子都錯下去。要解決這個問題最直接了當的辦法就是全部聘用 native speakers 來擔任教師。但是在目前的環境下，這麼做是不可能的。現實環境不允許的狀況下，現職的非 native speaker 教師就應該在這方面多留意；除了本身發音符合「標準」之外，也得有能力幫助學生調整改正他們的發音。但是教師如何自助助人呢？正確的語音學知識有絕對的助益。本文將針對幾個老師們常提到，認為理所當然而其實是一知半解，甚至完全誤解的基本英語語音學概念加以討論說明。

🔊 母音與子音

　　首先，我們來看最基本的兩個概念——母音（元音）與子音（輔音）。如果要問這兩者之間的差異為何，很多人的答案是：母音全都有聲，而子

音則有的有聲，有的無聲。這個說法本身原則上是正確的，問題是它並沒有真正回答原來的問題。又有些人說：母音可以成音節，子音不行。同樣地，這句話大體上也沒有錯，不過還是沒有回答原來的問題。那麼正確的答案是什麼呢？正確的說法應該是：在發聲時對從肺部出來的氣流如果未受到阻礙，所發出來的音就是母音；反之，如果氣流受到了阻礙，不論多少，發出來的音就是子音。不同的母音是靠控制舌頭的高低、前後而形成（注意：不論舌頭的位置如何，氣流是完全不受阻礙的）；子音間的不同則取決於氣流在何處受阻（如唇部、齒槽、上顎等），以及如何受阻（如完全阻礙而產生閉鎖音，部分阻礙形成摩擦音等）。

基本上，母音、子音很容易區分，唯「二」比較麻煩的是 /j/ 和 /w/ 這兩個所謂的「半母音」。其實顧名思義，它們既然是「半」母音，就不算母音而是子音，亦稱「滑音」（glides）。它們之所以是子音當然是因為發音時，氣流受了阻礙；它們之所以又叫半母音是因為氣流受阻不十分明顯，使它們感覺起來「像」母音（試比較 /i/ 與 /j/，/u/ 與 /w/）。原則上母音都有聲，加上發音時氣流不受阻礙，所以聽起來比較清楚，因此也就成了音節中最重要的「元」素，加上不同子音的「輔」助之後，就構成了不同的音節，一個音節一定要有而且只能有一個「母」音，但是卻可以不要或附帶一個或數個「子」音。這就是英語拼音的基本原理。

◉ 有聲與無聲

剛剛我們在討論子音、母音的時候，用了「有聲」和「無聲」兩個術語，但是它們真正的意義是什麼恐怕也有些人不太清楚，其實這兩個詞彙本身就有誤導人的嫌疑。所謂「有聲」（voiced）並不是有聲音的意思，「無聲」（voiceless）更不意謂沒有聲音（試想，一個人如果講話用字沒有聲音，別人怎麼能聽得見）。所謂「有聲」的是在發音時位於喉部聲門處的

兩片聲帶有振動；反之則稱為「無聲」。有聲、無聲可以「觸知」──只要把手放在脖子正面喉頭部位前，然後發 [a]，手就會感受到聲帶的振動；如發 [s] 則可感受到聲帶並未振動。

一般人在講悄悄話的時候所發出的「聲」音就是最典型的「無聲」了。（讀者不妨試著講幾句悄悄話，並用手去感覺一下聲帶的「不」振動）。值得注意的是，英語的有聲子音常常讓人覺得像是無聲子音。這是因為一般人的說話時常有 "linguistically lazy" 的現象（畢竟振動聲帶比不振動聲帶來得麻煩），不過偷懶歸偷懶，前提是不能影響到溝通與理解，比方說把 please 唸成 [plis]（註 1）。但是在可能導致誤解的情況下，該有聲的還是要唸有聲，比如 close 做「關」解時就要注意，如果唸成 [klos] 就有可能被誤解成「近」。這種有聲子音唸成無聲的現象，語音學裡稱為「除聲」（devoicing）。

🔊 送氣與不送氣

一般學過英文的人都應該知道英語中的三個無聲閉鎖音（爆裂音）/p/、/t/，與 /k/ 各有兩種發音。如果在字首或音節首，它們是送氣（aspirated）音，在 /s/ 後則不送氣（unaspirated）。前者與國語的「ㄆ」、「ㄊ」、「ㄎ」同，後者相當於「ㄅ」、「ㄉ」、「ㄍ」（註 2）例如：試比較 pie 與 spy，tie 與 sty，key 與 ski。為什麼這這三個閉鎖／爆裂音會有不同的發音呢？關鍵就在 /s/ 這個摩擦音上。所謂「閉鎖」指的是氣流完全被阻礙，所謂「爆裂」指的是氣受阻礙後強烈地放送出來（送氣），但是如果先「漏了氣」（s...）氣就不足，要爆裂自然也就沒什麼氣了（不送氣）。

值得一提的是除了送氣、不送氣之外，英語的閉鎖音其實還有第三種發音，語音學上稱之為「不除阻」（unreleased）。其發音方式簡單地講就是只要做嘴型，把氣流止住就行了，不需要真正把音發出來。這樣的 /p/、/t/、/k/ 與台語的「十」、「七」、「六」三個字的尾音相同。在英語

裡這種發音方式的閉鎖音通常是出現在另外一個閉鎖音之前，例如 doctor 裡的 /k/，accept 裡的 /p/，或像 I hate police. 中的 /t/。

送氣（aspirated）		不送氣（unaspirated）	
p	p̲ie	s p	sp̲y
t	t̲ie	s t	st̲y
k	k̲ey	s k	sk̲i

🔊 長音與短音

　　大家都知道英語的母音系統比其他的語言（如西語、日語等）的母音系統來得複雜，其中最令人頭疼的莫過於所謂長音、短音的問題了。英語的母音在實際應用時的確有長、短之分，但是長、短之不同並不是區分不同英語母音的關鍵。就拿 K.K. 音標的 /i/ 和 /ɪ/ 來說吧。很多老師稱前者為長音，後者為短音（註3）。如果說這只是名稱問題，或許事態不致太嚴重。要命的是不少老師教學生唸（當然自己也這麼講）的時候還真的就把 /i/ 唸長一點，把 /ɪ/ 唸短一點來區別這兩個音。這是一個極度嚴重的錯誤，前面提到過，不同的母音應該是以舌頭位置的高低、前後來做區分。

　　當我們在發 /i/ 時，舌頭得提升至幾乎快要碰觸上顎的地方，而發 /ɪ/ 時舌頭的位置則應稍低些。由於發聲時舌頭與上顎之間的空隙寬窄不同，舌頭肌肉的緊張程度亦不同，因此兩個音發出來之後，在音質、音色上是截然不同的──前者聽起來較尖銳、較緊繃；後者則感覺比較低平、鬆弛。當然實際應用時前者是比後者略長些；但是這絕對不是區分這兩個音的關鍵所在。

　　換言之，如果我把 /i/ 唸得較短促，我唸的還是 /i/；如果我把 /ɪ/ 拉長，我唸的還是 /ɪ/。這麼說來，似乎長、短音的概念就不需要了。其實不然，

英語語音學裡還是用得到這兩個概念，不過通常它們指的是同一個音在不同的環境之下「自然」呈現長、短的不同。例如 bead 字的 /i/ 就比 beat 的 /i/ 來得長些（因為 /i/ 有聲，/d/ 也是有聲，而 /t/ 卻是無聲），相反地，bit 的 /ɪ/ 就比 bid 的 /ɪ/ 來得短些。讀者如果試著唸一唸，應該可以感受到這長、短之間的不同。

🔊 結語

從以上的討論，我們發現了一個事實，那就是我們一般用來標示發音的音標符號並不能告訴我們如何正確的發音。就以字典上所提供給我們的發音資料來說吧，那也僅止於告訴我們構成某些字的一些抽象的音素（phonemes）（註 4）。真正要把一個音、一個字唸得正確就需要應用語音學的知識了。本文僅就幾個較基本的概念「紙上談兵」地稍加說明，不過萬丈高樓平地起，有了好的基礎才好更上一層樓。

本文原刊載於《敦煌英語教學雜誌》第 18 期

【註釋】

① 嚴格講，應該說是把 /pliz/ 的 /z/ 唸成無聲。就心理層面而言，說話者還是認為自己唸的是 /z/，而仔細聽起來比「s」稍弱些。

② 國語的這六個音全都無聲，而且是「六」個不同的子音。這與英文的「三」個子音，六個發音不同。（對國音有興趣的讀者，可參考董同龢所著《漢語音韻學》文史哲出版社）

③ 很多人之所以有這樣的誤解是因為台灣以前使用 D.J. 音標的原故。D.J. 音標使用的符號是 /i:/ 和 /i/，而 ":" 這符號在國際音標裡就表示長音。

④ 我們真正發出來的音叫 phones。嚴格講，書寫 phonemes 的時候，應該要把它們放在兩斜線之間。如 /p/，/z/，/l/，但是如果是 phones，則應該使用中括號，如 [pʰ]（送氣的 /p/），[z]（除聲的 /z/），[ɪ:]（長的 /ɪ/）。

國家圖書館出版品預行編目資料

從發音征服聽力 / 王復國作. -- 初版.
-- 臺北市：貝塔, 2010. 12
　　面：　公分

　　ISBN: 978-957-729-815-7（平裝附光碟片）

　　1. 英語　2. 發音

805.141　　　　　　　　　　　　　　99020283

從發音征服聽力

作　　者 / 王復國
執行編輯 / 陳家仁

出　　版 / 貝塔出版有限公司
地　　址 / 台北市 100 館前路 12 號 11 樓
電　　話 / (02) 2314-2525
傳　　真 / (02) 2312-3535
客服專線 / (02) 2314-3535
客服信箱 / btservice@betamedia.com.tw
郵撥帳號 / 19493777
帳戶名稱 / 貝塔出版有限公司

總 經 銷 / 時報文化出版企業股份有限公司
地　　址 / 桃園縣龜山鄉萬壽路二段 351 號
電　　話 / (02) 2306-6842

出版日期 / 2010 年 12 月初版一刷
定　　價 / 260 元
Ｉ Ｓ Ｂ Ｎ / 978-957-729-815-7

喚醒你的英文語感！

折後釘好，直接寄回即可！

100 台北市中正區館前路12號11樓

貝塔語言出版 收
Beta Multimedia Publishing

寄件者住址 □□□ _____

_____

貝塔語言出版
Beta Multimedia Publishing

讀者服務專線（02）2314-3535　　讀者服務傳真（02）2312-3
客戶服務信箱 btservice@betamedia.com.tw
www.betamedia.com.tw

謝謝您購買本書！！

貝塔語言擁有最優良之英文學習書籍，為提供您最佳的英語學習資訊，您可填妥此表後寄回（免貼郵票）將可不定期收到本公司最新發行書訊及活動訊息！

姓名：_____　性別：☐男 ☐女　生日：____年____月____日

電話：(公)_____(宅)_____(手機)_____

電子信箱：_____

學歷：☐高中職含以下 ☐專科 ☐大學 ☐研究所含以上

職業：☐金融 ☐服務 ☐傳播 ☐製造 ☐資訊 ☐軍公教 ☐出版
　　　☐自由 ☐教育 ☐學生 ☐其他

職級：☐企業負責人 ☐高階主管 ☐中階主管 ☐職員 ☐專業人士

1.您購買的書籍是？_____

2.您從何處得知本產品？(可複選)
　　　☐書店 ☐網路 ☐書展 ☐校園活動 ☐廣告信函 ☐他人推薦 ☐新聞報導 ☐其他

3.您覺得本產品價格：
　　　☐偏高 ☐合理 ☐偏低

4.請問目前您每週花了多少時間學英語？
　　　☐ 不到十分鐘 ☐ 十分鐘以上，但不到半小時 ☐ 半小時以上，但不到一小時
　　　☐ 一小時以上，但不到兩小時 ☐ 兩個小時以上 ☐ 不一定

5.通常在選擇語言學習書時，哪些因素是您會考慮的？
　　　☐ 封面 ☐ 內容、實用性 ☐ 品牌 ☐ 媒體、朋友推薦 ☐ 價格 ☐ 其他_____

6.市面上您最需要的語言書種類為？
　　　☐ 聽力 ☐ 閱讀 ☐ 文法 ☐ 口說 ☐ 寫作 ☐ 其他_____

7.通常您會透過何種方式選購語言學習書籍？
　　　☐ 書店門市 ☐ 網路書店 ☐ 郵購 ☐ 直接找出版社 ☐ 學校或公司團購
　　　☐ 其他_____

8.給我們的建議：_____

_____

喚醒你的英文語感！

Get a Feel for English !